menino oculto

Godofredo de Oliveira Neto

menino oculto

EDITORA RECORD
RIO DE JANEIRO • SÃO PAULO

2005

CIP-Brasil. Catalogação-na-fonte
Sindicato Nacional dos Editores de Livros, RJ.

O52m
Oliveira Neto, Godofredo de, 1951-
Menino oculto / Godofredo de Oliveira Neto. –
Rio de Janeiro: Record, 2005.

ISBN 85-01-07201-X

1. Romance brasileiro. I. Título.

05-0704

CDD – 869.93
CDU – 821.134.3(81)-3

Copyright © Godofredo de Oliveira Neto, 2005

Capa: EG Design

Direitos exclusivos desta edição reservados pela
DISTRIBUIDORA RECORD DE SERVIÇOS DE IMPRENSA S.A.
Rua Argentina 171 – 20921-380 – Rio de Janeiro, RJ – Tel.: 2585-2000

Impresso no Brasil

ISBN 85-01-07201-X

PEDIDOS PELO REEMBOLSO POSTAL
Caixa Postal 23.052
Rio de Janeiro, RJ – 20922-970

EDITORA AFILIADA

Para Jorgen Schmitt-Jensen.

Agradecimentos

A Heloísa Buarque de Hollanda pelo convite que me permitiu concluir *Menino oculto*, a Celina Moreira de Mello e a Paulo Venancio Filho.

"Eu sou dado ao maravilhoso, ao fantástico, ao hipersensível; nunca, por mais que quisesse, pude ter uma concepção mecânica, rígida do Universo e de nós mesmos. No último, no fim do homem e do mundo, há mistério e eu creio nele." (Lima Barreto)

"D'alto a baixo, rasgam-se os organismos, os instrumentos da autópsia psicológica penetram por tudo, sondam, perscrutam todas as células, analisam as funções mentais de todas as civilizações e raças; mas só escapa à penetração, à investigação desses positivos exames, a tendência, a índole, o temperamento artístico, fugidios sempre e sempre imprevistos, porque são casos particulares de seleção na massa imensa dos casos gerais que regem e equilibram secularmente o mundo." (Cruz e Sousa)

1

Podia ser o barulho de capim congelado se estilhaçando debaixo dos pneus, que alguém me ajude, pelo amor de Deus, ou ruído da macega mais alta roçando a lataria. A escuridão deflorada pelos fachos bem tinha realçado as pontas dos ramos mais longos brilhando gelados, balançando, dançando feito estrelas cadentes riscando ébrias o céu de terra. Ali atrás está a pintura tantas vezes vista, dissecada, analisada, decorada, embrulhada no papel pardo. No alto o azul forte, embaixo a seca marrom com pedras confeitada, os personagens distorcidos, esqueletos barrigudos, a menina, dos olhos espirrando lágrimas, tocando a cabeça do irmão também virado pedra do sertão, esqueleto seguro por mãos doídas de maternidade descarnada.

Como combinado, vamos dizer que o verdadeiro *Menino morto* é esse, seu Aimoré, a outra tela, do museu de São Paulo, é um falso, é isso que eles querem que a gente diga.
As palavras do capataz saíram como acordes de abertura de minissérie, tipo *Mad Maria*. A natureza, em volta do carro, tem leve tom pastel.

Com mais esse quadro, são milhões e milhões de dólares, dona Estela, o trabalho de imitação do Aimoré Seixas é perfeito.
A frase foi pronunciada, na sala da casa da fazenda, em voz baixa, escondida atrás do volume máximo de um trecho de música do Cazuza.

O quadro ainda está ali no banco traseiro? Alguém me ajude, acho que desmaiei, a luz interna do carro está quase se apagando, julgo que delirei e sonhei com atoleiros, rios cheios e uma figura de lobisomem. Lá fora há uma treva dos diabos, um grande silêncio. Já escrevi essa frase mais em cima? Ou li ela em algum romance?

Menino oculto

O que houve, meu Deus? Alguém me ajude. Mas e aquele ruído? Barulho de ponta de faca desossando boi, de carne moída no açougue do Leblon? Onde estou? Há o silêncio dos campos serranos mas o som estranho, e o vozerio há pouco era do Rio, jeito carioca de falar, parecia acompanhado pelas buzinas das ruas de Copacabana, trazia as batidas do som do Usher ouvido nas festas loucas das ruazinhas atrás do Jardim Botânico, talvez fosse a buzina do próprio jipe que apertei numa reação instintiva, ouvi também um sotaque, uma voz familiar, e uma expressão já ouvida — mata essa jaguarada, alguém me ajude, por favor.

O senhor sabe dirigir bem, dá para ver, e o jipe Cherokee, como o senhor também pode ver, está novinho, modelo 2005, e o patrão lambe mais o carro do que a mulher, mas cuida para a gente não atolar, seu Aimoré, daqui até a descida da Serra do Rastro, nesse picadão com subida e descida melhor para mula do que para automóvel, são trinta quilômetros sem viva alma; para trás, até a fazenda, outro tanto sem casa nenhuma; para os lados então nem se fala, celular aqui não pega nem rezando, o rádio do carro não pega nem resfriado, e se tiver que andar a pé com três graus abaixo de zero a gente vai virar picolé antes de encontrar um rancho.

Godofredo de Oliveira Neto

O lugar do encontro com os homens do Rio de Janeiro que vêm comprar o quadro é logo ali em frente, estranho o patrão ter deixado a gente pegar o dinheiro da venda, é muita responsabilidade, e cuidado com aqueles negociantes, seu Aimoré, são gente ruim, um deles é aqui de Lajes, vive lá para São Francisco do Sul, o ser humano é assim, tem de tudo. Melhor, se arrepare: pois, num chão, e com igual formato de ramos e folhas, não dá a mandioca mansa que se come comum, e a mandioca-brava, que mata?
Não sei se foi o capataz que disse essa frase ou li num livro, alguém me ajude, onde está a chave do carro? Quem tirou da ignição? Por que o farol aceso? A bateria está acabando, buzinar já buzinei mil vezes para nada, a luz de dentro está ficando fraca, apagando os faróis o medo se torna ainda maior. E o quadro? Não consigo me virar, o cinto de segurança não abre, alguém o prendeu, ajuda, por favor, está pegajoso no meu peito, me lembro que quando o jipe atolou — agora a Cherokee atolou de vez, seu Aimoré! — o capataz falava de verme e flor.
Olhei no relógio. Eram onze horas da noite. O silêncio reinava no carro e seus arredores, tudo estava tranqüilo e sereno. Algumas estrelas brilhavam no céu; os sopros escassos da viração sussurravam na folhagem. Quanto tempo dormi? Sonhei com cenas e trechos de romances

que li dezenas e dezenas de vezes. Pensei na música de Xenakis e na de Erkki-Sven Tuur, tinha descoberto a *Insula deserta*, do Tuur, havia pouco tempo. A música contemporânea dos dois me acalmou um pouco.
Logo depois de cair no atoleiro surgiram aqueles homens armados, violentos, esquisitos. Surgiram de onde? Onde tinham escondido o carro? Já são duas horas da madrugada, tem sangue no meu peito, só agora entendi que essa sensação pegajosa era sangue. O capataz está aqui atrás, com a cabeça no chão do jipe, senti com a mão direita, também está todo ensangüentado, o quadro não está mais no banco de trás, claro, o papel em que estou escrevendo, apoiado no centro do volante, é um pedaço do papel pardo que embrulhava a obra do Portinari. Desliguei os faróis, economiza bateria, o reflexo do capim continua a embaralhar os meus olhos, enredar as minhas idéias, confundir tempo e espaço, ficção e realidade.

Lá do alto da serra vai dar para ver, ao longe, as luzinhas de Florianópolis, seu Aimoré, tinha dito o capataz em tom ansioso.

Seriam as luzes da cidade mesmo? De Florianópolis? Do Rio? Estou enlouquecendo? É febre? Que alguém me ajude. Penso em bichos invadindo o carro. Animais que me aproximam de Deus. Parece-me que sinto os bichos uma das coisas ainda mais próximas de Deus, material que não inventou a si mesmo, coisa ainda quente do próprio nascimento. O capataz é que disse isso, assim? Ou fui eu mesmo que retirei o texto de alguém enquanto delirava? Notas da *Insula deserta* invadem os meus ouvidos, consigo relaxar um pouco.

O capataz, vai ver, também queria enriquecer com o *Menino morto* de mentira, me carregou junto, e agora ali, de cabeça para baixo, banhado em sangue. Sinto cheiro de carne esfolada misturado com gasolina e, apesar do frio, tem cheiro de suor de gente estranha. Fede a morte. Meu Deus, como vou sair daqui? Vou morrer? Como o capataz?

O barulho que ouvi, agora sinto com clareza, era o de ponta de faca entrando e saindo do corpo do capataz, entrando e saindo, entrando e saindo, parecia gelo se quebrando debaixo dos pneus do carro, quantas punhaladas eu também levei? Qual será o desfecho dessa minha loucura, meu Deus?

Pus o limpador de pára-brisa para funcionar, as palhetas choram no vidro, resmungam, parecem dedos negando um final feliz, asas de corujas agourentas. Para que liguei esses malditos e inúteis rodos? Só para gastar mais bateria? Como vai acabar isso tudo? Alguém vai me encon-

trar aqui nesse lugar perdido? O celular inútil, a Cherokee idem. A câmera digital não está mais no porta-luvas, também roubaram.
O sangue não pára de escorrer, quanto me resta? Alguém me ajude, por favor, a luz está se apagando, troco as marchas esperando que o carro funcione, liguei a seta para a esquerda, para a direita, a luzinha intermitente anuncia o fim ou o começo? O painel do jipe está estranhamente pintado de vermelho, amarelo e azul.
Parece que vejo estrelas no céu, não consigo ver a lua, ouvi uivos, são de animais domésticos ou lamentos de cachorro-do-mato? Acho que também escutei pio de rasga-mortalha, buzino mais uma vez, para quê? Giro o volante para um lado, para o outro, abri a porta abruptamente, um hálito cadavérico penetrou no carro, gelo de morte, fechei a porta com força, estou sentindo frio, muito frio. Qual será o meu fim? O destino, como todos os dramaturgos, não anuncia as peripécias nem o desfecho. O jipe de vez em quando estala, como se alguém o empurrasse, logo volta o silêncio, bato no teto do carro transformado em campa. Nessa viagem que eu fazia, sem saber, desde o Sertão, meu próprio enterro eu seguia, que alguém me ajude.

2

Eu não matei o rapaz, e, depois, não era um rapaz. Eu suprimi, risquei, apaguei uma imagem de mulher loira, provocante, puta. Ele devia é ficar aliviado.

Ele e ela são um só, entende isso, Aimoré Seixas dos Campos Salles de Mesquita Ávila, entende isso, matou um, matou os dois.

Isso é você que acha, você que passa o tempo aí sentado nessa cadeira. Me disseram que o senhor é professor!

É, sou sim.

Pois é, professor. Tem duas verdades aí nessa história, tem que ver as duas versões. Eu matei a mulher loira. Se morreu o rapaz junto é problema dele, não meu.

De algum lugar vinha cheiro de cozinha, dava para ouvir a panela de pressão, louças latejando, talheres soando, som dos Beatles, dava para ver um pedaço de céu nublado.

Segura o garfo direito, cuidado que o prato está quente, limpa a boca com o guardanapo!

Já limpei, mãe.

Então limpa de novo!

Ruídos e aromas familiares de épocas passadas submersos pelo ritmo do 50 Cent.

Mas então como é que pode ter acontecido tudo isso, Aimoré? Parece uma loucura.

Eu estava na Avenida Atlântica, de carro, professor. Ela fez sinal. Linda, boca enorme, batom rosa brilhante, não sei por que me lembrava a mulher do quadro *Figura*, do Ismael Nery. Eu falei o que qualquer um diria.

Entra aí, gata.

Ela entrou meio cabreira, parecia cachorra ainda não bem no cio, quer mas não quer, olhava com o rabo dos olhos. Vestia uma saia azul berrante, blusa branca de seda realçando as curvas do corpo, sapatos altos, de sola grossa, os cabelos loiros ligeira e estudadamente despenteados e molhados. Tinha covinhas quando ria. Falou umas coisas meio estranhas, não entendi direito, só vim a entender no fim, ela quis deixar claro que estava ali trabalhando.

    Sou profissional, estou trabalhando. Cobro. Eu não sou daqui da praia, meu ponto é na Avenida Nossa Senhora de Copacabana. Mas hoje uma galera da Baixada está lá na calçada, na frente do cinema Roxy, estão provocando, querem o ponto, vi o cafetão dando as ordens. É gente barra-pesada.

Alguém de camisa branca, com listas, passou assobiando na calçada. Ela parecia conhecer a pessoa, se olharam, melodia conhecida, dessas músicas românticas para turistas, estilo — foi assim, a lâmpada apagou ou — olha que coisa mais linda, mais cheia de graça. O homem foi no sentido da Avenida Nossa Senhora de Copacabana com um andar desengonçado. Não se virou mas dava a impressão que de uma hora para a outra ia voltar em nossa direção.

    Quanto você cobra?
    Sexo oral é cinqüenta; completo, cem.
A frase dela saiu meio medrosa, meio tremida. Eu aproveitei o espaço.
    Mas o que que você mais gosta de fazer? No meu caso, eu disse pra ela, só quero namorar.

Nessa hora a voz dela aumentou e engrossou, ela me peitou, daí já não gostei, mas até aí ainda tudo bem.

Namorar eu não namoro, porra. Sou profissional, caralho, já disse.

As covinhas desapareceram por completo. Ela mudou, então eu também baixei o nível.

E o boquete é gostoso?

Nunca reclamaram, ela respondeu, só não deixo gozar na boca.

As covinhas reapareceram, tímidas. Olhei alternadamente para os seus olhos e para os seus lábios, várias vezes, as covinhas foram se acentuando, ela era encantadora. E daí, então, ela me disse uma coisa dura, muito dura, que me tirou do sério.

Eu não sou mulher.

Como assim, sua filha da puta?

É claro que perguntei com ódio, professor, não dava para esquecer que há poucos minutos ela tinha recusado o namoro, ninguém pode recusar assim uma coisa bonita, respeitosa, me lembrei da Ana Perena. Ela só queria amar. Ríamos juntos, cantávamos músicas dos Titãs juntos, brincávamos. Eu me comportei como um bicho, literalmente um cachorro em busca do prazer. Ela me deixou para sempre. Ana Perena tinha razão, claro que tinha, agüentar um sujeito sujo como eu! Ana gostava de olhar para as plantas, sabia de cor o nome de todas as estrelas, das flores, queria se chamar azálea, rosa, violeta, estrela-d'alva, dizia que pelos dias que correm a idéia de civilização se transferiu da cidade para o campo, a violência bruta e a crueldade das cidades estão aí como prova. E agora uma mulher desse tipo, da rua, vinha recusar o meu amor. Convenhamos, era difícil suportar. Liguei o rádio do carro, passava rápido pelas estações, oh, ah, uh, ah, uh, oh, acabei encontrando uma com música instrumental, alguém imitava Stockhausen, achei apropriado para a ocasião. Senti a loira respirando forte, e repeti como assim? Mais calmo, e sem o filha da puta.

Não sou mulher, porra, você ouviu bem.
A frase era terrível, dita com uma frieza e objetividade que davam medo. Ela parecia de repente um motorista de caminhão arrotando sardinha frita com alho. Claro que eu não ia deixar assim de barato, ela estava no meu carro, caralho. No meu carro. A gasolina eu é que estava pagando, o seguro, as taxas de emplacamento, o conserto do acelerador que tinha pifado naquela mesma manhã. E a filha da puta ali me encarando, e desafiando. E ela continuou, insolente.

Já disse, se não quer me entender, eu saio já do carro e pego outro cliente mais macho e esperto que você, seu babaca.

Acho que a palavra babaca me doeu em algum lugar. Nos dentes, no peito, sei lá. Sabe dor de farpa enfiada debaixo da unha? Daquelas que inflamam? Que vai doendo doendo? Daquelas. Só que eu sentia no peito. Mas eu devia, ainda assim, me certificar que tinha ouvido bem.

Repete o que você disse!, falei para a loira.
Comecei a me perguntar se não estava entrando numa furada. Naquela mesma hora, na véspera, eu estava tranqüilamente em casa falando com o Giácomo, conversa de telefone. Giácomo tinha sido assaltado logo depois da nossa despedida na Fonte da Saudade, na Lagoa.

Porra, cara, é foda, dois pivetões, um com um puta revólver na mão.

Perdeu, passa a grana aí, otário.

Estou sem dinheiro, ó, pode olhar a carteira.

E eles não acharam que você podia ter dinheiro escondido em outro lugar?, perguntei a um Giácomo ainda meio atarantado no telefone.

Claro que acharam, me obrigaram a revirar os bolsos. Um dos rapazes estava nervoso, o pior é que tinha um monte de gente passando perto, mas não dava para ver que era assalto. Pensei, numa hora, em reagir, gritar, e se o cara apertasse o gatilho? Fiquei como um otário mesmo, como eles disseram. As nossas discussões sobre arte no restaurante não servem para nada, Aimoré, ali é a hora da verdade, bicho, a hora da verdade.

Sorte você não ter sofrido nada, Giácomo, pensa nisso.

É, você tem razão, Aimoré, a humilhação é que é do caralho. Vou passar a noite hoje ouvindo Norah Jones, talvez me acalme.

A loira no carro respirava meio apiançada. Voltei a afirmar: repete o que você disse.

Repito, sim: ba-ba-ca, ba-ba-ca, ela soletrou duas vezes, a cadela. Não tinha como não responder na mesma moeda.

Babaca é você, sua puta.

Você pode muito bem imaginar, professor, a raiva que eu estava sentindo naquela hora. Fui rechaçado como um cachorro e enganado por aquele ser asqueroso que passava de vez em quando a língua nos lábios rosa brilhante. Só mesmo matando. Eu tinha a Ana Perena e joguei fora. Quando fomos para Búzios pela primeira vez tive certeza de que Ana Perena, um ano mais nova que eu, ia ser a minha mulher para sempre. Ela estava com o Marcão, namoro de meses, se conheceram em Londres, ambos eram *web designers*, ele de família rica. De noite, geladeira para tomar água gelada, ela de camisola curtinha, eu de cueca, o Marcão dormindo, a Sandra, minha companheira de viagem, ressonando. Beijos, amassos, lambidas, escapada para o jardim, agarrados, cambaleando, jorro juntos, sons contidos, olhos assustados.

Seu filho da puta!, gritou, de repente, Marcão.
Ana implorou.
Pára, Marcão, te explico, a culpa foi minha, o Aimoré não tem culpa, Marcão.
Sandra acordou, chorou.
Que sacanagem comigo, Aimoré, porra, precisa isso?, seu veado. Não faz nem uma hora gozou e gemeu como um cabrito. Tem que mostrar o pau para todo mundo senão não é macho? Vagabundo, pega essa vadia e casa com ela, ela, pelo jeito, deve ser mulher direita.
Já disse que a culpa foi minha, gente, continuou Ana. A frase Ana disse como uma santa, acho até que ela levitou. Vi ela ajoelhada sobre o pé de manacá, flutuava. Marcão e Sandra ficaram estáticos. Ana repetia a culpa foi minha, a culpa foi minha, o pé de manacá agüentando firme. O céu cintilava, pedacinhos de dia acenavam para a gente, a maresia entrava no meu nariz, cheiro da boca e do sexo da Ana, em tudo misturado, uma sinestesia de sacanagem, culpas, raiva, arrependimentos, desejos renovados. Não reparei quando Ana Perena desceu

do pé de manacá. Só vi ela caminhando em minha direção, nem sei se pisava mesmo no chão, os braços abertos, despida da camisola, repetindo vocês têm que entender, gente, vocês têm que entender, aconteceu uma coisa comigo, o Aimoré é o cara que sempre aparecia nos meus sonhos, nos meus sonhos.
Alguém, na sala, pôs para tocar Barão Vermelho, altíssimo, as vidraças da casa de Búzios tremeram.
O cabelo aloirado escorrido roçando os ombros era da mãe, dizia Ana, os olhos verdes, do pai.

Esses olhos, cobiça secular de bandeirantes em marcha sertão adentro, são do teu pai, minha filha, ele se foi, os olhos ficaram decorando o teu rosto. Ele era paulista, por isso gostava de fazer essa referência aos bandeirantes.

Minha mãe repetia sempre isso para mim, Aimoré, ela falava com freqüência no meu pai, e agora os meus olhos são teus, Aimoré Seixas dos Campos Salles de Mesquita Ávila, são teus.

Ana gemia essas frases descrevendo o pai de maneira respeitosa, tipo grande modelo a ser seguido, me inundava com os imensos olhos verdes, e eu, na dúvida, lembrando das aulas do Instituto de Educação de Florianópolis, me perguntava se eles eram esmeraldas mesmo ou simples turmalinas. Ela se orgulhava dos seus um metro e setenta e nove, só um pouco mais baixa que eu, mas me elogiava de cima a baixo. Acho que ela errava na cor dos meus olhos, castanho-claros; em Portugal sempre disseram que eles eram garços. Ela era apaixonada por dança. De noite, em casa, quando fomos morar juntos, Ana passava horas e horas olhando DVD de dança contemporânea. Repassava o *What a Body You Have, Honey*, de Eszter Salamon, umas mil vezes.

Gosto dos teus olhos castanho-claros, Aimoré, lembram canela em pó. Você tem olhos de especiarias, o cabelo às vezes fica anelado como carneiro merino, porte esbelto e reto como uma araucária, mãos tal teclas de prelúdios de Chopin, cílios e sobrancelhas negras como os amores de Peri.
Ana Perena era assim, doce, companheira, amiga, gozo em estado puro, ela é que transpirava fluidos de Chopin. Agora compara com a loira da Atlântica!

O cego Baltazar se debatia na areia. Fiquei olhando de longe, gelado, apavorado. Ele parecia tentar abater no ar morcegos pestiferados, pássaros assustadores, emitia gritos aterradores, como se sentisse dores, professor. Uma hora caiu, o ente que só ele via conseguia derrubar os rochedos de Santo Antão.

Baltazar levantou, dava urros de ódio, tentava retirar alguma coisa agarrada ao seu peito, abaixava-se, com o punho fechado socava a areia fina, virava-se de repente, outro animal furava-lhe as costas com o bico pontudo. Baltazar segurou as duas partes do bico, tentou arrebentar as articulações da mandíbula, voltou a bater na areia com a mão, com os pés, esticava às vezes os braços e exibia as palmas das mãos, o ser, o que quer que fosse, recuava.

O céu estava limpo, uma brisa suave nos acariciava o rosto. Baltazar gritava palavras desconhecidas, batia nas suas próprias pálpebras fechadas, um outro animal qualquer tinha pousado sobre o seu rosto, com o bico tentava arrancar-lhe os olhos.

Baltazar passou a rezar, a invocar a rainha das águas da Babitonga, a chamar por Nosso Senhor dos Passos. O bicho se mantinha agarrado. Baltazar buscava afastar, com as duas mãos, o que lhe ameaçava os olhos, o esforço era enorme. Ele pôs-se a jurar — não és tu que vais me abrir os olhos, grifo desgarrado, ser excomungado, bicho profano, será a rainha das águas da Babitonga, tu não, por Nosso Senhor Jesus Cristo, tu não.

O cego dos rochedos de Santo Antão correu para o mar, garras feriam-lhe a cabeça, pensei em ajudar, mas como?

As ondas chegavam ao seu joelho. Ele se deixou cair, seus berros se afogaram. Levantou, voltou para a areia rezando, repetindo as orações de sempre, que só ele conhecia — Ó matumba, ô querenga, orunganda/ Orunganda, ó matumba, ô querenga,/ Ô querenga, ó matumba, orunganda.
Baltazar saiu das águas mais sossegado. Repetiu algumas vezes tu não ias me derrubar, não ias. Baltazar ria, um riso diferente, entre choro e riso, eu nunca tinha visto ele assim, professor.

Nesse dia o cego Baltazar, que tanto tinha me orientado, alou-se, voou, é o mínimo que posso dizer. Batia asas, ainda teve tempo de olhar para mim, as pálpebras pareciam abertas, ele tinha recuperado a visão? Me senti só, pequeno, rejeitado, é bonito aí de cima, Baltazar? A pergunta não saiu da minha garganta. Fui a última pessoa a ver o cego Baltazar, me lembro até das roupas que ele usava. Calça preta curta pelas canelas, descalço, camisa branca surrada abotoada até o pescoço, as roupas que usava aos domingos. Com ele se foram o equilíbrio e as lições dos meus mitos da Babitonga.

3

O carro ainda tinha cheiro de novo, menti quando disse que paguei as taxas, dei até detalhes do acelerador. Roubei ele no posto de gasolina na Avenida Beira-Mar na altura da Antônio Carlos, no Rio de Janeiro.
Uma mulher saiu do volante, foi para o toalete, a chave ficou na ignição, o motor estava ligado, até o rádio estava ligado, Pink Floyd, como resistir? Entrei, engrenei a marcha e pronto, me senti feliz. Fiz o contorno para o Aterro, o rádio passou a tocar Marcelo D2. Anoitecia, o Museu de Arte Moderna ganhou luzes indiretas nos pilares principais, de várias cores, aquilo mexeu comigo — belo é belo, os filhos da puta passam a mil por hora aqui em frente e nem desfrutam dessa beleza, pensei.

Na passarela diante do museu vi dois meninos negros, com jeito de meninos de rua, iam felizes, sorriam, gargalhavam. Um olhou para o Citroën novinho que passava por debaixo das suas pernas, eu no volante, não sei se me viu, mas me olhou, tive a impressão que eles curtiam aquela arquitetura mais que muito letrado metido a besta por aí.
Pouco depois aquelas formas retilíneas se fundiram com o barroco da igrejinha da Glória iluminada. O verde, o roxo, o amarelo, o azul-turquesa das luzes do Museu de Arte Moderna eram substituídos pelo amarelado dos holofotes incidindo sobre as paredes caiadas. Literalmente a glória! Esse tipo de beleza sempre me emociona; a muito custo não chorei.
A grama do Aterro tinha sido cortada havia poucas horas. O perfume de campo, de colheita, de safra nova, cheiro de raiz, expulsou o de plástico novo do carro; sobrava ainda, é verdade, um cheiro de lavanda da mulher que tinha sentado naquele banco poucos minutos antes.
    Mas, diga, professor, você, ali com a loira na Avenida Atlântica, não tinha feito a mesma coisa?

Giácomo, com quem eu falava no telefone na véspera, era filho de italianos, o pai dono de rede de bancas de jornal. Foi o único amigo com quem eu me encontrei regularmente no Rio. Formado na Universidade Federal do Rio de Janeiro, Escola de Belas Artes, curso de artes plásticas no Parque Laje, paixão por pintura, bom artista, tom muito professoral para o meu gosto, mas gostava dele, ele puxava assuntos adormecidos dentro de mim e me obrigava a pensar.

 É, Aimoré, o Klee, na *Historieta de um anãozinho*, se supera, ele consegue o equilíbrio do artista, o tema vai saindo aos poucos, a forma é que leva ao tema. O artista tem que ir se deixando levar pelo pincel, daí pode até ser fiel à natureza. O artista está a serviço da natureza nesse aspecto, e, claro, então não vai sair uma cópia dessa natureza, não tem como. Eu concordava, claro, Giácomo, claro.
 Lentilha completa!
Giácomo sempre se antecipava e pedia o prato ao garçom do Bar Brasil sem me consultar. Logo se lembrava e perguntava para você lentilha completa está bem, Aimoré? Claro, claro, eu respondia. Do Bar Brasil fomos até Botafogo conhecer uma enorme livraria, milhões de títulos, em todas as línguas. Livraria virtual. Os livros não estão lá materialmente. Passam a estar se o cliente desejar. É só escolher na tela, baixar a porra do livro pela Internet, imprime ali mesmo e sai com um exemplar. Giácomo ficou extasiado.

Queria ser escritor, ele repetiu várias vezes, me olhando, fixo. Eu me calei, ainda com o gosto da lentilha do Bar Brasil.

Ouviu, professor? Você, no meu lugar, também tinha essa reação ali dentro do carro com aquela mulher na Avenida Atlântica, não tinha?

Não sei, não sei. Esse não é o problema agora. Vai contando, só isso, vai contando.

E eu não estou contando?

Está, está, Aimoré, contou até sobre o Giácomo. Continua, você tinha parado na hora em que ela soletrou babaca.

É, ela soletrou bem isso. Notei que as luzes da Atlântica, ali no Lido, se refletiam no asfalto molhado. Já deviam ser umas quatro da manhã, tinha uma névoa rala, os carros que passavam ficavam meio embaçados. As lâmpadas de um dos postes da avenida estavam com problema de contacto, piscavam, tremiam, permaneciam apagadas por um tempinho, voltavam a acender. Quando não passava nenhum ronco de motor eu podia ouvir as ondas arrebentando, imaginava elas se derramando na areia. Uma patrulhinha da PM apareceu devagar no retrovisor dobrando a esquina da Prado Júnior com Atlântica, a luz vermelha do teto girando. Fiquei com medo que eles parassem para pedir documentos. Para disfarçar, dei um abraço na loira, tentei dar um beijo na boca. E sabe o que que ela fez? Mostrou mesmo que não era mulher, a vaca, e ainda sacaneou e ameaçou.

Olha aqui, seu escroto, disse, abrindo as pernas e levantando a saia.

Aquela doçura inicial, com covinha e tudo, tinha sumido, assim, de uma hora para a outra. O que você queria que eu fizesse? E ela ainda acrescentou te corto todo.

O que você fez?

Fazer eu não fiz, só ameacei com palavras: Eu é que te mato, sua vadia, veado filho da puta.

E ela não respondeu nada?

Não com a boca, respondeu com a mão direita. Estava segurando uma gilete, tinha tirado do salto do sapato.

O que é isso, porra?, eu perguntei com a voz misturando ameaça e medo.

O personagem que inventei e que sempre aparece gritou no meu ouvido vamos encarar Tchaikovski dessa vez. Ele estava como sempre está, desgrenhado, cabelão grisalho despenteado, sobe no palco, os aplausos demorados, os *merci, merci, merci*, a orquestra senta com aquelas notas desencontradas, irritantes, em busca do caminho certo, até a hora da harmonia e do prazer. Desde a infância, nos momentos de tensão, sonho em me transformar num maestro, professor. Criei o gesto de exibir para o público a batuta como aquela mãe retirante segura o menino morto no quadro do Portinari. Eu segurava a batuta nas palmas das mãos, os braços estendidos. Piotr Ilitch estava, naquela hora, na primeira fila me olhando. Desliguei o rádio do carro na Avenida Atlântica e comecei o *Concerto para violino e orquestra em ré maior*. A loira, de repente, descruzou as pernas e respondeu à minha pergunta.

Isso aqui? Isso é uma gilete para cortar a tua cara, seu veado enrustido, para cortar a tua cara.
A frase dela saiu na hora que passava uma moto barulhenta. A névoa tinha ficado mais densa. Ouvi no rádio do carro que o Aeroporto Santos Dumont tinha fechado durante todo o dia para pouso e decolagem. Não sei por que cargas-d'água o barulho das turbinas de um avião invadiu minha cabeça naquela hora, doeu, senti ódio. Vi, direitinho, no pára-brisa do carro aquele trabalho cheio de objetos, do Bispo do Rosário, aquela mistura de peças: pistom, garfo, faca, o diabo, aquelas tralhas reproduziam o que estava dentro da minha cabeça. Mas tentei me acalmar um pouco e ainda perguntei cortar a cara de quem.
A tua, ela respondeu com rapidez.

Menino oculto

O avião que não conseguiu pousar no Santos Dumont pousou dentro da minha cabeça, era um barulho infernal, a moto que acabava de passar vinha de ré, o escapamento aberto, ia e voltava, ia e voltava. Quando notei já estava com o revólver apontado para ela.

E isso aqui é para fazer um buraco na cara de quem? O cano eu encostei bem no lugar onde há pouco tempo atrás imperava uma das covinhas graciosas. A loira ficou como uma estátua, durinha. O cromado do 38 competia com o brilho dos lábios da vagabunda. Dali a pouco ela começou a tremer. Mas ia tremer muito mais logo depois.

E isso aqui é o quê?, perguntei, tirando do bolso do paletó, com a mão esquerda, o punhal que sempre carrego comigo.

Foi o Aristides que me deu esse punhal, numa vez, lá em Lajes, em Santa Catarina, em que fomos pintar um dos meus quadros do Portinari. Estou relatando isso a você, professor, não à loira, ela ficou calada.

Esse punhal é de cabra macho, afirmou o Aristides quando me deu ele de presente. Desde os séculos passados é o punhal que os tropeiros que descem para Flo-

rianópolis pela Serra do Rastro usam na cinta. Lá perto do mar vai lutar contra as peixeiras dos manezinhos.
Ele, o Aristides, deu essa explicação toda com cara de orgulho, professor. Dava para sentir, pelas suas palavras, que no choque de lâmina contra lâmina ganhava o punhal serrano. E aquela arma tinha história. Por causa de uma jovem praieira de olhos grandes e pernas compridas, furou a barriga de mais de um pescador metido a conquistador. Quis dar essa explicação também para a loira, mas era muito longa. Eu tinha que fazer com que ela dissesse alguma coisa. Ela continuava calada. O Aristides era lá da serra, de Curitibanos, por ali, depois morou uns tempos em Lajes. Eu conheci ele, na verdade, em São Francisco do Sul. Era pintor de quadros, artista, como eu, ele pintava de tudo, gostava de pintar o casario da cidade, sempre insistindo que São Francisco está entre as três mais antigas cidades do país.

Tem gente aqui com cara de 1504, data da cidade, dizia ele, tem cada tipo que lembra personagem de *Barca do inferno*, do Gil Vicente, escrito mais de dez anos depois. Ele me apresentou uma vez dois gêmeos — Alceste e Querêncio — que faziam ponto, aguardando passageiros, lado a lado, cada um na sua canoa, perto do armazém do Dida, aquela casa grande na esquina, debruçada sobre a água. Os dois atravessavam a Baía da Babitonga até a Vila da Glória a remo com tal velocidade, professor, que nem barco parrudo, desses de motor de popa, conseguia chegar perto. Só que se comentava na cidade que, à noite, um conduzia as pessoas para o inferno, o outro para o céu. Tinham a mesma cara, mas um era moreno, o outro loiro, descendentes de marinheiro francês desertor de uma nau de guerra com índia carijó. De noite os mortos iam ver os dois irmãos, todos, claro, queriam o céu, o loiro devia ser o anjo. Não era, o moreno é que era. Muito trouxa se enganou assim e hoje queima no fogo do inferno. Os dois irmãos são um só, como a gente. Eles deixaram os franceses — continuou me explicando o Aristides — levar o Içá-Mirim para a França no início da fundação de São Francisco. Vão pagar algum preço por isso, não têm culpa porque Içá-Mirim devia voltar, foi o acordado, mas que vão ter que pagar vão. Foi o primeiro índio do Brasil a ser levado para a Europa, o puto deixou quatorze filhos lá na França. Tenho um auto-retrato do Aristides no meu apartamento do Leblon, professor, e um quadro com a cara dos dois arrais da Baía da Babitonga, que eu mesmo pintei. A cara arredondada do Içá-Mirim o Aristides ficou de pintar e nunca pintou. O Aristides carregava sempre com ele, na cinta, um pincel e um punhal. Ganhar um punhal dele não era para qualquer um, não. E o diabo da loira da Atlântica não queria olhar para o punhal de tropeiro macho lá dos campos serranos!

Já perguntei uma vez, e o que que é isso aqui?, insisti, mostrando a lâmina para a vadia da Avenida Atlântica. Como a loira não respondeu eu acrescentei é um punhal que já esfolou muito machinho lá das praias de Santa Catarina, está ouvindo?
Acho que foi a palavra machinho que fez ela desabar.
Não me mata, pelo amor de Deus, eu estava brincando quando te ameacei, é que aqui na rua, em Copacabana, a gente sofre, tem que fazer o que o freguês quer, a gente leva porrada, pega doença na boca.
Ela teve que pedir arrego, a sacana, agora parecia manteiga rançosa.
Agora é tarde!, eu disse, olhando para o poste que tinha apagado de vez.
Notei que as covinhas da loira tinham se transformado, tinham crescido para cima, em relevo, brilhavam. Eram lágrimas, a filha da puta estava chorando. Mas continuava segurando a gilete. E sabe o que que eu fiz?

Não havia dia em que a gente estivesse em Ipanema ou no Leblon que Ana Perena não pedisse para ir ao mirante da Avenida Niemeyer. Ficava lá horas a fio, absorta, ora olhando o mar, ora a praia. Aquilo me enervava, não era normal alguém agüentar calado tanto tempo assim. Fiz um teste no fim de uma tarde ensolarada. Ela conseguiu ficar mais de uma hora ao meu lado sem dizer uma única palavra, extasiada. Passados sessenta e um minutos imaginei um tapa bem dado naquela cabeça. Cheguei a imaginar em câmera lenta a mão espalmada, o estalido do tapa, os cabelos da Ana voando. Ela me olhou, leu meu pensamento? E me beijou com paixão. De noite passou não sei quantas horas conversando ao vivo e em cores, na *webcam*, com uma amiga dinamarquesa. Eu deixei de existir, assim, subitamente!

Quando cheguei na caverna do cego Baltazar levei um susto, professor. A água do mar quase batia no lugar onde ele costumava dormir. Era a primeira vez que eu ia ao meu oráculo naquela hora da tarde, de maré alta. Baltazar não estava. Ouvi sua voz entoando uma melodia, as notas saíam do fundo do peito, cavernosas, graves, roucas.
Baltazar estava sentado sobre um rochedo afastado, o rosto voltado para o mar, não tinha percebido a minha chegada.
  Ó matumba, ô querenga, orunganda/ Orunganda, ó matumba, ô querenga,/ Ô querenga, ó matumba,

orunganda. Baltazar cantava como se homenageasse alguém.

Cego Baltazar!, chamei, repetidas vezes.
Na quarta ou na quinta vez ele se virou para mim, quieto, caíam lágrimas dos seus olhos. As pálpebras continuavam fechadas, mas os olhos me viam, era isso que eu sentia. Ele permaneceu silencioso por um bom tempo, não sei se chorava mesmo, seus lábios ensaiavam um sorriso? Não dava para saber.

A maré vai começar a baixar, menino, é hora de ir para o meu canto.
Baltazar se levantou e, sempre em silêncio, caminhou, arrastado, em direção ao seu altar. Naquela tarde não consegui balbuciar nada além do seu nome. Fiz menção de me despedir, não consegui, me dirigi ao embarcadouro onde um dos gêmeos me esperava, o barqueiro não estava, era cedo, eu tinha combinado que ficaria uma hora e meia, voltei para os rochedos. Baltazar falava com alguém perto da gruta, não ousei me aproximar. O homem gesticulava, apontava para a outra ponta da praia, parecia ofegante. Baltazar ouvia, o rosto voltado para o chão. O homem riscava inutilmente os ares descrevendo alguma coisa. Com os braços imitava o bater de asas,

mostrava o nariz em forma de bico assombroso. O homem se despediu, veio caminhando em minha direção, seu depoimento foi chegando aos meus ouvidos. Ele passou por mim, a centímetros, mas não me viu, falava compulsivamente.

O corpo da águia era como corpo de urubu — o homem falava olhando para o céu —, os ossos de fora, que nem vaca morrendo de peste, a cabeça toda enrugada, tinha foices nos pés, aquilo não eram garras, não podiam ser, eram foices de ferro, o bico tinha pelo menos dois metros de comprimento, igualzinho, na forma, ao bico dos papagaios-do-peito-roxo do mato. O monstro estava podre, só podia ser, deixou um rastro de peixe morto em todas as casas da vila. Benza Deus, Nosso Senhor, meus filhos começaram a tossir, o monstro voador dava gritos como berro de touro sendo esfaqueado, carregava nas foices dos pés um menino estraçalhado.

O cego Baltazar, quando me ouviu chegar, falou do monstro alado.

É, menino, ele empesteou a minha comida com carne podre. Rezei para a rainha dos mares, ela apareceu. O gavião dos infernos tentou enfrentar a protetora da Babitonga. Mas a força sagrada afugentou o pássaro maldito para a sua ilha lá na saída da baía. O monstro de vez em quando quer voar pelos céus da Babitonga, se alimenta de peixes, mas em certas épocas do ano, quando escasseia a manta de tainhas, deixa a sua ilha e procura carne humana.

Subitamente Baltazar, assim, do nada, disse tu vais te libertar, menino, fica em paz, dá vida ao menino, salva a arte. Deixei o cego dos rochedos de Santo Antão na canoa do gêmeo mais amorenado, e desenhei na minha cabeça harpias gigantes trazendo nas garras germes de epidemias aterradoras, São Chico deserta, pessoas estendidas pelas ruas. Desenhei, ao fundo, o cego Baltazar diante das feras, o braço esquerdo estendido, a mão espalmada, o direito estreitando contra o peito um menino, os mortos se levantando por onde o cego dos rochedos de Santo Antão da Baía da Babitonga passava.

Tu vais te libertar, menino, salva a arte!

Essas palavras não me largavam.

4

Você vai ficar tão surpreso quanto a loira com o que eu fiz, professor. Olhei fixo nos olhos dela, notei que eram esverdeados. Dava para ver com um pouco da luz que entrava pela janela. Tinha cílios longos, os olhos imitavam a forma daquelas frutinhas verdes que tem muito ali na Praia Vermelha, na pracinha.

Amendoeiras.

Isso, amendoeiras. E tasquei uma pergunta inesperada para ela: esses olhos são de verdade ou são lentes de contacto?

De verdade.

A resposta ela deu lentamente, depois de uma olhada encenando surpresa. Parecia mais uma melodia, um canto que nascia lá do interior daqueles peitos arredondados, do que uma construção sintática.

De verdade, ela repetiu. Sou autêntica.

É o quê?, perguntei, agora com raiva por conta da cara de pau dela.

O revólver estava vivo na mão direita, o punhal na esquerda, a ponta prateada, a mesma que já tinha defendido o amor das moreninhas deliciosas nas praias de Floripa, apontando para aquela sem-vergonha.

E larga a porra da gilete, eu gritei.

Ela deixou a lâmina cair no chão do carro.

Sou autêntica, já disse, ela falou de novo. Estou apenas trabalhando, como em qualquer emprego, a gente representa por aí na vida mais do que a gente imagina, é teatro puro.

Você é falsa, sua vaca, respondi com convicção.

Não sei por que ela me lembrou os gêmeos, igual aos dois gêmeos da Babitonga, o Alceste e o Querêncio.

Ontem a gente viu o Içá-Mirim, seu Artistides, estava bem lá no outro lado, no Saí, falava estranho. O Querêncio disse que era francês. Fazia uma escuridão a gente se mijar de medo, e o bicho estava lá, sentado num tronco de canela. Ele viu a gente, tirou um punhal da cinta, daquele tipo de faca não tem aqui, não, é lá da França. Bem em cima do tronco de canela estava o seu chapéu, daqueles estrangeiros, de lã, meio torto, francês.

Eu ouvi esse relato sobre o Içá-Mirim da boca de um dos gêmeos, o moreno, o Alceste — me disse o Aristides numa tarde chuvosa em São Francisco do Sul. O outro, o loiro, o Querêncio, é mais caladão.
Aristides não falou quase de mais nada naquela noite em São Chico, professor, parecia amedrontado. Não acredito nessas histórias mas confesso que tremi, professor, tremi mesmo. Olhei o mar atrás dos ombros do Aristides contando histórias sobre o Içá-Mirim, imaginei os navios ali fundeados, alguns escapados dos piratas, os canhões apontados para a cidade, pertinho da terra. A fundura é grande ali, para navios de grande calado.

Você viu como o Içá-Mirim quis cortar o pescoço da gente?
Foi Querêncio, o loiro, que afirmou em tom de pergunta.
Vi, sim — Alceste respondeu, sério.

Içá-Mirim estava furioso, continuou me explicando Aristides, imitando a conversa dos dois gêmeos.

Repeti para a loira da Atlântica você é falsa, sua vaca.

O homem de camisa branca, listada, passou de novo, assobiava a mesma música, o filho da puta era o cafetão da loira, assegurou-se que conversávamos, não viu as armas, e continuou a sua ronda.

Autêntica.
Dessa vez ela repetiu autêntica toda melosa, fez menção de querer um beijo. Aí não agüentei. O punhal entrou no pescoço, ela não esperava. Logo saiu sangue da boca, ela quis falar mas tossiu grosso, tremia, os olhos se arregalaram estranhamente, quis me bater, tateou o chão do carro em busca da gilete, nessa hora dei outra punhalada de novo no pescoço. A loira acabava ali. Sua mão esquerda repousou sobre o estômago, a mão me pareceu enegrecida, o cabelo loiro ficou todo de uma banda só, um dos peitos apontava — por sob a blusa colorida — radicalmente para um lado, ela parecia de frente e de perfil ao mesmo tempo, estranho. Levantei a saia, a calcinha preta volumosa, recheada, continuava no lugar, a barriga, que surgiu surpreendentemente imensa e flácida, parecia conter uma criança.

Menino oculto

O braço esquerdo dela estava sobre as minhas pernas. Tirei ele devagar, desentranhei aos poucos o punhal daquelas carnes que tinham verbalizado a rejeição ao meu amor, limpei a lâmina nas suas roupas, troquei a estação do rádio, a música do R. E. M. invadiu os espaços, abri a porta do carro e me enfurnei na névoa rala da madrugada de Copacabana. Atravessei as duas pistas em direção ao mar. As ondas se esticavam, estuantes, na areia.

Giácomo tomava uns vinte chopes, arrotava lentilha e pintura, no Bar Brasil.
Você pode ver, o gnomo, do Klee, vai se transformando, a cabeça passa a ser parte do rosto do desenho maior e por aí vai.
Giácomo só parava de falar em pintura para abordar o assunto mulher.
E aí, Aimoré, você tem fodido muito?
Não, muito, não, vou levando, eu respondia, tentando acabar com a minha parte de lentilha completa que esfriava no prato.
Os enigmas da arte provocados por Giácomo me roubavam o apetite e me empurravam para as cores e as formas.

Mas e o carro, Aimoré? Deixou ali na Avenida Atlântica, com a loira morta dentro?

Não, não, professor. Voltei da areia, abri a porta do carona, o ritmo do Sonique me penetrou, o corpo da loira caiu sozinho no asfalto da Avenida Atlântica. E o carro não era meu. Na verdade, disse aquilo, gasolina e impostos, mas não era meu, eu peguei ele por aí, já te disse antes, professor.

Como então você foi parar em Santa Catarina?

Como assim como eu fui parar! Um pedaço de mim é de lá, morei em Florianópolis uns tempos, estudei no Instituto de Educação por uns anos.

Você sabe, imagino, que a polícia foi na Dias Ferreira, no Leblon, fazer perguntas para a síndica do teu prédio, Aimoré. Uma testemunha viu você roubar o carro, anotou a placa e alguém telefonou para o Disque-Denúncia dizendo ter visto o Citroën na porta do teu prédio. Conta mais pormenores da tua vida.

Está bem, professor. Nasci em Portugal, em Coimbra exatamente, em primeiro de março de 1980. Viemos para o Brasil, eu ainda jovenzinho, fomos morar em Florianópolis. Alguns anos depois, três ou quatro, voltamos para Portugal. Estudei pintura na faculdade em Lisboa, Belas-Artes.

Veio para o Brasil definitivamente com quantos anos?

Vinte e um, assim que me formei.

Menino oculto

Não tem mais sotaque português nenhum.

Não. Já estou no Brasil há quase quatro anos. Até me vi, há poucos dias, na televisão sendo entrevistado no jornal da Band, me achei interessante, notei que tinha sotaque de São Paulo, às vezes do Rio de Janeiro, outras vezes empregava a sintaxe lusitana. Não sei se era eu mesmo, pois olhava para os meus companheiros e eles não pareciam me reconhecer na televisão. Mas conversando depois com pessoas pela Internet, no MSN, confirmei: alguns tinham me visto mesmo na tela da TV. Logo no início fui morar com um tio em Lajes, Santa Catarina. Irmão mais velho da minha vó, minha mãe é brasileira. Fazendeiro muito rico, foi amigo do Getúlio Vargas, já está velhinho. Pelas paredes da casa espalhava-se um monte de quadros dos maiores pintores brasileiros. Fui imitando vários deles, gosto de pintar. Vejo como se fosse agora os momentos em que permanecia sentado diante dos quadros, por horas e horas, decorava eles todos na cabeça, detalhe por detalhe, traço por traço, tonalidade por tonalidade. Olhava logo depois para uma parede branca e pintava tudo na minha imaginação, detalhe por detalhe, traço por traço, tonalidade por tonalidade. Era uma fazenda muito produtiva, ouvia relinchos, mugidos, cacarejos, o motor a diesel de um trator me interrompia às vezes exatamente no momento em que desenhava um rosto, a parte mais difícil, tinha que começar do zero. Fazia frio, lareira acesa no quarto, o céu quadrado aparecia de manhã debruado por copas de araucárias, já tinha visto, da minha cama, deitado, aquelas mesmas copas brancas de geada. O Aristides dos punhais também pintava paisagens da serra, viajei algumas vezes com ele para Joinville, íamos, nessas ocasiões, sempre para São Francisco, ali perto, onde ele tinha o ateliê. Ele, além de pintar, era representante de uma madeireira de Lajes. Os dois gêmeos me aparecem sempre em sonho, professor. Um dia desses eles estavam aqui nessa porra de lugar, mais precisamente aí nessa cadeira de onde você está me fazendo perguntas. Já pintei eles várias vezes, só passei para a tela uma vez, estão lá no Rio de Janeiro, gosto muito de pintar.

Isso a gente sabe, Aimoré. Quando você se tornou professor de literatura em Nova Iguaçu, no Rio?

Tenho a nacionalidade brasileira, me inscrevi no concurso do estado, passei em primeiro lugar e pronto, professor, passei em primeiro lugar e pronto.

Pois é. A síndica do teu prédio me explicou várias coisas. Se, por um lado, ela te admira muito, por outro se pergunta se te conhece bem mesmo. Confirmou que você pagou dois anos de aluguel de uma só vez numa imobiliária do Centro, que você tem documento, tem tudo. Aimoré Seixas dos Campos Salles de Mesquita Ávila, um metro e oitenta e um, olhos garços, cabelos negros espessos, nascido em Coimbra, Portugal, vinte e cinco anos, nacionalidade portuguesa e brasileira, mãe nascida em Laguna, Santa Catarina, pai em Lisboa, Portugal, etc.

Ela disse o que mais precisamente sobre mim, professor? Eu mesmo quero saber trechos da minha vida que sumiram, assim, como desaparecidos num precipício com vermes no fundo, por isso quero saber o que mais ela disse sobre mim.

É, esse homem, o professor português, é realmente estranho — foi o que ela me disse. Entra no prédio como se estivesse se escondendo de alguma coisa, fugindo da chuva, de um assaltante, de uma visão horrível. Depois se recompõe, entra nos eixos, cai na real, serena, sossega, usa palavras rebuscadas, frases complexas, veste-se muito bem num dia, no outro parece um mendigo. Feito cobra mudando de pele. Eu disse que ele podia ser os heterônimos do Pessoa, de que a minha filha tanto fala, afinal ele é português. Ele ou não entendeu ou não achou graça, ou então outra coisa que eu é que não entendi.

Ela contou isso sobre você, contou as tuas transformações.

Então ela topa ajudar para esclarecer mais sobre a minha vida?

É, topa, ela me disse que quer colaborar. Imitou o teu falar em algumas situações.

Bons dias a tenham, dona Amélia. Não fora esse tempo dir-lhe-ia algo mais original, foge-me no entanto a sintaxe e se me escapa a imaginação. É desse jeito que ele fala às vezes, até decorei as suas fórmulas, como essa aí que repeti. Agora o senhor vê, assim, de repente, uma frase que só se vê escrita, e olhe lá. Mas gosto dele.

Ela gosta de mim?

Pelo jeito, sim. Sente também pena. Deu detalhes de um dia em que você apareceu malvestido e chorando.

O senhor está nesse estado por quê, seu Aimoré Seixas?

Como assim, dona Amélia?

Assim, chorando, parece sofrer.

Sofro porque me colam as asas que me permitiriam abraçar outras flores, resta-me a imanência de uma crisálida.

Pode uma coisa dessa? Ele repetiu a imanência de uma crisálida umas dez vezes enquanto aguardava o elevador.

Confesso que chorei junto. No dia seguinte era outro homem, como se tivesse recuperado as asas. Lá ia ele, carregado de livros, pegava um táxi até a Central, de lá um trem, e depois outro táxi, pelo menos é o que dizia. Janta sempre sozinho no Jobi, aqui pertinho.

Essa minha síndica é meio ruim da cuca, não liga, não, por isso ela disse sentir pena de mim; por que ela iria sentir pena? Acho que ela me deseja como homem na cama, mas odeia o meu lado artista. Ela é jovem, viúva, loira oxigenada, bonita, gordinha, gosta de cruzar as pernas mostrando a calcinha quando vem no meu apartamento para falar de problemas do prédio. Demora um tempão falando abobrinhas, os lábios grossos em evidência. Só no fim pergunta, com os olhos de jabuticaba arregalados, gênero daquelas artistas da novela *Betty, a feia*.
    Esses quadros todos foi você que pintou?
Uma vez quase respondi não, foi a vovozinha.

    Ela sabe detalhes da tua vida, Aimoré?
    Ela soube da Ana. Contei para ela que acabamos morando juntos em Santa Teresa, ao lado de uma comunidade de seguidores de uma religião da Índia. Todas as noites ouvíamos cantos que começavam baixinho e iam aumentando, no final até as janelas tremiam. Ana se deixava possuir por aqueles cânticos, seu prazer ia cres-

cendo na mesma proporção. Queria ser homem e mulher ao mesmo tempo, queria que eu dissesse, entre babas e secreções, que ela tinha pau, tinha que repetir, repetir, repetir, ela queria ejacular.
O ritual do sexo começava pelos trajes de Ana, sempre com coisas esvoaçantes, cheiro de incenso pela casa toda, uns olhares vagos para o teto, umas palavras ininteligíveis para a vela acesa. Um filete de saliva escorria de sua boca, idêntico ao líquido que manava de sua vulva inchada. Ela se masturbava me olhando maravilhada. Chegava-se tal gata medrosa, transformada em vítima indefesa, galgava o meu corpo com a língua, punha-se sobre mim e lentamente ia se transformando em algoz insaciável. Dona Amélia até exigiu detalhes.

Mas como é que ela ia poder ficar em cima do senhor, seu Aimoré Seixas, se o senhor nem tinha tirado a roupa? Fez mil outras perguntas do mesmo gênero. Num domingo de chuva, ao entardecer, dona Amélia deu-se à farta nas lides do sexo. Não chegava aos pés de Ana, mas tentava imitá-la. Depois chorava dizendo que eu não queria ela porque ela não era mais uma jovem, mas voltava sempre, caprichava no vocabulário, no perfume, na *lingerie*, nos trejeitos, confessou que nunca tinha gozado, ela achava que era porque o marido Albano tinha pinto pequeno e não gostava dessas coisas. Uma tarde de segunda-feira fui ao supermercado Sendas com ela. Ela foi contando uma história no trajeto de ida, dentro do supermercado — o teto do supermercado tinha sido recém-pintado, de branco passaram a glauco — e no trajeto de volta. Uma história que até hoje eu não entendi por que ela contou.

Cinco dias de viagem, seu Aimoré Seixas, cinco dias, interior de Minas, da parte seca, retirantes.

Apruma o vestido, ô mulher, dá para ver a tua roupa de baixo.

E daí, Zé Ademir, quem vai querer olhar para mim desse jeito? Pensa mais nos nossos três meninos, o mais novo não quer mais andar, não se agüenta das pernas, o pé é carne viva pura, já dois dias sem comer, o terceiro perdeu a fala de vez, o Zezinho, do meio, pensa uma coisa, na hora de falar sai outra diferente, tem fala e pensamento desparelhados.

Ô Maria, deixa de dizer essas coisas que é pior, não me fala nesse problema do Zezinho, te fia só nas palavras que ele diz, é o que vale, e como é que se sabe o que ele está pensando? Vamos tocando que chegando em Belo Horizonte eles vão melhorar.

Dona Amélia descrevia todas as cenas com detalhes, se atardava mais no Zezinho. Coitadinho desse menininho!

Ela não me deixou dizer uma única palavra em todo o trajeto. Mas acho que, no fundo, a síndica parecia querer dizer que o problema do Zezinho deve ser a esquizofrenia do escritor. Mas não posso ter certeza, professor, se a síndica chegava a pensar uma coisa sofisticada dessa. Talvez fossem apenas reflexões que ela ouvia da sua filha que estudava Letras. Nunca vou saber, professor, nunca. *Bullshit*, como diz o Giácomo, foda-se ela no nosso bom protuguês.

    Ela conheceu pessoalmente a Ana?
    Não, claro que não, Ana foi bem antes disso.
    Mas dona Amélia não perguntava nada sobre você, só falava coisas vazias?
    Perguntava. Falei também da criança que morreu nos braços da mãe, a Estela. A descrição da Estela sobre a morte do seu filho me deixou chocado, triste, pensei que ela podia ser a Ana, com seu filho nos braços.
    Que Estela?
    A Estela.
    Então depois você me fala da Estela. A síndica não perguntava mais nada que possa nos ajudar na reconstituição da tua vida?
    Praticamente nunca, que me lembre. As palavras dela não tinham alma. Um dia formara-se uma poça

Menino oculto

d'água bem na frente do prédio. Chegamos, ela e eu, juntos da rua, na mesma hora. Ela elogiou a minha camisa, perguntou pelos livros. A água vinha de um vazamento da tubulação da Cedae. O sol batia direto. A poça era outro sol no asfalto. Luz ondulada. O chão cintilava. O astro a nossos pés. Passava uma sensação vibrante pensar que a gente poderia pisar no sol quando quisesse, ir até o meio-fio e chuá, o pé no sol. Não deu para continuar imaginando a cena por muito tempo, foi pena. Eu ia dizer é, dona Amélia, esses livros que estou carregando são de escritores brasileiros que leio para meus alunos na Baixada, são de Alencar, Machado, Cruz e Sousa, Guimarães Rosa, Clarice, já li eles mais de oitenta vezes só numa mesma turma, e obrigado pelo elogio da camisa. Mas não deu para dizer, não deu tempo para falar dos livros e da camisa. Um carro passou rente ao meio-fio com velocidade, o sol lambuzou a dona Amélia toda. O astro derreteu em cima dela, o ouro escorria da cabeça. Logo em seguida ao susto ela gritou seu motorista desgraçado, me molhou toda com essa merda imunda. Ela gritou por nada, o carro já ia longe, o motorista nem podia ouvir. Ela cuspiu parte da água, tinha recebido líquido da empresa estadual até na boca. O carro era prateado, metálico, ganhou do dourado. Dona Amélia foi para o elevador puta da vida. Foi o único dia em que ela disse coisa com coisa. Deixei ela com a raiva dela e fui para o computador. Fiquei conversando no MSN até às cinco da manhã. Todos os perdidos e rejeitados do mundo tornaram-se meus cúmplices, não sabia que eu era tão querido e desejado. Nessa mesma manhã, o elenco completo da novela *América* veio aqui visitar a gente. Maior frisson.

Dona Amélia não perguntou nada sobre os quadros nesse dia, antes do banho de água da rua?
Perguntou, sim, junto com o elogio que fez da minha camisa, ia esquecendo, perguntou que quadro eu estava pintando.
Ela tem alguns trabalhos seus na parede do apartamento.
Ah, é?
Mas ela sabe que são cópias, que são falsos, Aimoré.
Falsos como, professor?
Falsos. Você não se considera um falsário?

Visconde de Pirajá com Maria Quitéria, sábado de manhã, muita gente na rua. Foi Ana que gritou.
Porra, tem um cara lá em pé, na janela.
Ela apontava com o dedo um prédio de pastilhinhas azuis. Logo uma aglomeração se fez, as pessoas comenta-

vam vai se atirar, não vai, uns rezaram, chama os bombeiros, diziam outros. Fomos embora, tudo o que a gente desejava era que aquilo acabasse de uma vez, e bem. Ana comprou o que queria numa loja de roupas indianas e na volta a cena continuava. Talvez pelo tempo que o homem permanecia empoleirado lá na janela do oitavo andar do prédio, ou pela impaciência em geral nos dias atuais, o fato é que as pessoas foram se cansando e algumas ensaiaram o pula, pula, pula. Ana virou bicho.

Seus monstros, é uma vida lá em cima, e querem matar o cara, é? Vocês são tão assassinos quanto qualquer um desses que andam por aí de arma na mão e de quem vocês têm tanto medo.
Um mais jovem, musculoso, de camiseta branca sem manga, resmungou uma frase.
Vai tomar no cu, riponga escrota, foi o que ele disse. Ana aí se enfezou.
Olha aqui, seu bandidinho de merda, eu vou te acusar de incitação ao crime agora mesmo na delegacia de polícia.
O dedo da Ana Perena estava a um centímetro dos olhos do rapaz que tinha mandado ela tomar naquele lugar. Ele iniciou uma resposta tipo é isso aí, madame, é isso aí. Ana insistiu, agarrou o sujeito pelo braço e o desafiou a

ir até a polícia, se é homem mesmo, ela acrescentou, o cenho franzido, a ponta do nariz roçando o do petulante que tinha chamado ela de riponga escrota.

E o teu machinho aí de cabelinho encaracolado vai junto com a gente até a polícia?, reagiu, irônico, o rapaz. Ana me olhou, alisou a minha cabeça, meu cabelo estava encaracolado mesmo por causa da maresia, tentou prever a minha reação, e sabe o que que eu fiz? Nada, professor, rigorosamente nada, apenas sorri. Sorri da cena, um sorriso nervoso, o cara lá em cima, em pé na janela, o machão musculoso me provocando. Ana olhou bem nos meus olhos, senti um calafrio, a porra dos olhos dela eram mesmo esmeraldas. Acho que ela sabia muito bem que o homem lá do oitavo andar não ia se atirar coisa nenhuma, só pode ser. Não levou um minuto para que a multidão se dispersasse, o cara não se jogou mesmo, acabou voltando para o apartamento. Fomos embora dali sem olhar para ninguém. E sabe o que Ana Perena comentou depois sobre a tentativa de suicídio? Nada, rigorosamente nada, nunca mais tocou no assunto. Ela era desse jeito, buscava sempre o equilíbrio, se o assunto era ruim e não servia para nada, esquece. Em casa o som do Snoop Dogg a mil, aqueles olhos enigmáticos, eu analfabeto.

Menino oculto

Ontem o rasga-mortalha roncou no céu.
O cego Baltazar iniciou a conversa olhando para cima assim que me ouviu chegar. Eu queria que ele viesse me ver aqui no quarto com mais freqüência, professor.
O dindo Anastácio, explicou Baltazar, foi ficando magrinho, definhando, desde a noite em que o rasga-mortalha voou sobre a casa da gente dele. Eu era menino novo, família de pescadores, mas sabia fazer reza forte. A minha madrinha chorava, berrava que uma coisa ruim ia acontecer, o pássaro tinha dito no seu canto rouco. Saí do lado da cama do dindo Anastácio depois de uma das minhas benzeduras, fui até o despraiado, enfrentei o rasga-mortalha, chamei ele ao mesmo tempo que ia rezando. Não deu quinze minutos surgiu o dindo na soleira da porta, já curado, eu é que fiquei com o corpo todo doído, dor grande, dor de facada.
Baltazar apalpava os rins, relembrando das dores deixadas pelo veneno do feitiço do rasga-mortalha, mantinha o rosto voltado para o alto, o vento sacudia uma das mechas da carapinha irrequieta, nuvens carregadas cobriam o sol, que nuvens via Baltazar?
Deixei o cego dos rochedos de Santo Antão da Baía da Babitonga olhando para os céus. O gêmeo loiro, pela energia das remadas, também fugia do agouro do rasga-mortalha.

5

Como assim falsário, professor?
Falsificador, você não se considera um? Um sujeito que imita a arte dos outros e vende como se fosse desse outro.

Aimoré calou, recitou, em voz baixa, outros episódios com os personagens da sua vida. Ele tinha explicações para a passagem súbita de uma cena a outra, de um capítulo de sua vida a outro, de visões entrecortadas por imagens passadas, interrompidas por lampejos projetados.
Tudo é presente, professor, estamos na época da Internet, dos eventos simultâneos, não tem mais a história

do saber cumulativo, gradual, entende? Só louco não entende, professor, só louco.
A fita do gravador, num ruído seco, ruído de ponto final, interrompeu a conversa.

Estávamos no Lamas, Paula Toller cantava na televisão fixada na parede do restaurante. Giácomo trouxe cópia de um desenho de Feininger, um de seus preferidos, *Barcos a vela*. Ele dissertou sobre a idéia de profundidade, os triângulos sobrepostos lembram camadas, movimento e espaço, falei para ele dos meus quadros, tirei da pasta uma réplica de Mondrian, ele não se deu conta de que eu é que tinha pintado o quadro, amassou o papel com as mãos gordas.

Essa xerox da *Composição* do Mondrian é uma merda, Aimoré, é um desrespeito com o artista, provavelmente as cores não estão iguais, você comprou esse pôster onde?

Não comprei, balbuciei, baixinho.
Giácomo gostava de alguns quadros meus que expus na Casa França-Brasil na primavera. Todos os meus seis trabalhos foram vendidos, desde então ele me respeita, os dele não encontraram comprador.

Arte é assim, bicho, a venda pode ser sinal, justamente, de que o trabalho é ruim. Ele deixou escapar essa naquela vez. E agora nem me deixou tempo de responder onde eu tinha comprado o pôster que eu mesmo pintei, porra! Giácomo tinha a vantagem de, sem saber, me obrigar a fazer réplicas de mim mesmo, assim talvez eu possa ver como sou de fato. Não consigo lembrar dos seis quadros vendidos, encontrá-los na cabeça era me encontrar, Giácomo podia ajudar nessa tarefa.

Eu não sou isso daí, não, um falsário, como o senhor disse há pouco, professor, não sou, não. Um tipo de saber técnico pode até ser coletivo e cumulativo, um vai botando um grãozinho no monte que já existia, tudo bem. Mas o conhecimento — como eu já disse para o senhor há pouco —, contrariamente ao que muita gente acha, acontece ao mesmo tempo, como uma rede, as luzes se acendem na mesma hora, os fios se conectam juntos, como numa festa simultânea. E a vida também é pura autocronia, para usar uma palavra empregada por um ex-professor de Lisboa, que me mandou um *e-mail* há dias. É por isso que passo de um tempo a outro, exponho visões, cenas e histórias aparentemente desconectadas uma da outra. Ou o senhor achava que eu era louco? Por isso tenho o direito de pintar o que quero e quando quero. Eu pinto o que gosto, reproduzo o que gosto, reproduzo tudo, inclusive a assinatura, se estiver no quadro.

Mas não é imoral, antiético?

Só se for na tua cabecinha de professor de universidade. O pintor que imito deve ficar é orgulhoso, isso sim, se já tiver morrido espero que os seus descendentes venham me parabenizar. Como é o seu nome, professor? Aliás, me desculpe, eu já devia ter perguntado antes!

Albano dos Santos Zanella.

Albano. Já ouvi esse nome.

Mas a lei proíbe o comércio de quadros falsos, dá cadeia, Aimoré.

Isso não é problema do artista, é da sociedade.

Você prefere pintar que tipos de quadro?

Qualquer um. Tem um do Iberê Camargo que já pintei trinta e oito vezes.

Trinta e oito? Qual foi?

O *Tudo te é falso e inútil*. Já tinha pintado o *Mesa com cinco carretéis* umas dez vezes. Se eu tivesse freqüentado o MAM do Rio nos anos 60, e tivesse tido idade suficiente para isso, seria diferente. Eu tinha que estar lá. Ser aluno do Ivan Serpa, como todo mundo. Aí a história seria outra. Talvez tivesse tomado outros caminhos. Quem sabe? O Waltércio Caldas, eu gosto dele. Gosto do Cildo, do Antônio Manuel. Mas é outra coisa. Você tem que estar a par de toda uma discussão que eu perdi. Perdi, não; vi de longe. A arte mudou mais nessas décadas que em séculos. E eu fiquei preferindo falsificar o passado.

Essa compulsão é a mesma de quando você repete as frases de escritores conhecidos?

Machado eu devo ter lido mais de duzentas vezes na vida, sei capítulos dele de cor.

Como é possível ler duzentas vezes um livro? E dá tempo na vida para isso?

Claro que dá, é só ficar lendo sempre. E por que tanta pergunta? Me sinto ameaçado por todos os lados.

Por nada, Aimoré, você tem uma história que interessa a muita gente. Pouco importa como você conseguiu chegar até aqui, me interessa o teu relato, em troca a instituição te protege, o serviço jurídico te dá cobertura, tua vida está salva, tua saúde preservada, tua integridade física a gente segura, ninguém vai te achar por algum tempo, mas você é livre de partir na hora que quiser. E como você veio bater aqui no Centro de Comunicação e Expressão não sei. Enquanto durarem as nossas entrevistas vai ficando, dorme ali na salinha nos fundos do meu escritório, a gente vai te arranjar roupas. As autoridades da universidade concordam, ou melhor, por ora fecham os olhos, é como se, oficialmente, não soubessem de nada. Você viu os garapuvus em flor por aí, Aimoré? Viu como estão amarelos?

Vi, professor, vi. Todos os morros da ilha, do continente, de qualquer lugar estão confeitados de amarelo-ouro. Cada vez que vejo essas árvores floridas me dá um friozinho no estômago, os *flamboyants* da ilha completam o meu cardápio cromático. Gosto de pintar essas duas cores, já pintei vários quadros na minha cabeça hoje. Ontem pintei um do Martinho de Haro, um quadro pequeno. Tem um pontilhão no primeiro plano, com estrutura arredondada embaixo. Na extremidade esquerda um tipo de bromélia avermelhada, no direito, na base, pontas de capins grossos, estilo folha de cana-de-açúcar com tons verdes, vermelhos e amarelos. Uma casa colada à ponte exibe, estendida numa das suas janelas, uma toalha vermelho-sangue. Um garapuvu, com as flores ainda amarelando, domina o céu cortado ao fundo por três palmeiras quase idênticas. De frente para a fileira de palmeiras a igrejinha com duas torres, que se vê de lado. As cruzes no topo das torres estão viradas para quem olha o quadro, há mais quatro casas altas, retangulares. O caminho que leva ao pátio tem muitos degraus baixinhos, contei vinte e dois. Em duas das casas há leves traços vermelhos, são muitos outros detalhes que só consigo ver nos seus pormenores ao pintar na cabeça. É um quadro pequeno, como já disse, vi na casa de um escritor no Rio de

Janeiro. É a minha Florianópolis, a que está sempre viva na minha memória.

Você pensa pintar esse mesmo quadro de novo aqui?

Não porque não tenho material.

Então acho melhor a gente continuar gravando a tua fabulação que depois a gente passa para o computador.

Como assim a minha fabulação?

Está bem, não a tua fabulação, Aimoré, a tua história.

O meu romance de vida.

É, está bem, Aimoré, o teu romance de vida.

É, isso, professor, o romance da minha vida; que estará na livraria virtual, junto com milhões de títulos. É só baixar na Internet, imprimir na própria livraria e sair com ela na mão, ela, a minha vida, não é?

É, Aimoré, só baixar e pronto.

Eu, de certa maneira, matei uma criança, professor Albano. A mãe me descreveu a morte, a criança nos seus braços. Eu queria pintar uma criança viva no quadro do Portinari, ressuscitava o filho da Estela, mas daí o quadro fica diferente, no quadro o menino está morto.

Hoje é Villa-Lobos, *Bachianas brasileiras*. Mostrei a batuta, a platéia aplaudiu com entusiasmo, o meu gesto era uma marca registrada, o Municipal do Rio de Janeiro lotado, o Villa sentado na primeira fila, o charuto na boca.

Fica frio que as bachianas vão como você merece, Villa.

Eu sei, maestro Aimoré Seixas, eu sei, não tenho nenhuma dúvida.

O Municipal veio abaixo.

Você se considera um assassino, Aimoré?

Assassino de quadros e de escritores?

Não, assassino de gente mesmo.

Não, só acabo com imitações malfeitas, só isso, e se precisar faço oferendas a quem eu entender que mereça. No último fim de semana, ainda estava no Rio, vi na feira *hippie*, em Ipanema, um quadro imitando uma ilustração do Beardsley, feita para *Salomé*, do Oscar Wilde. Cortei o quadro todo. Chovia. O quadro e o vendedor estavam abrigados debaixo da barraquinha, na Praça General Osório. Era um domingo meio friozinho. Chuva e frio. Arte úmida. O quadro ali. As gotas da chuva passando perto, ele resistindo, os traços do Beardsley mal imitados. Vida falsa. Amor que machuca, como é que pode? Se gosta não machuca. Nem gente nem pintura. Deu polícia e tudo. Um louco surgiu, de cabelo comprido, liso, negro, olhos garços, furou o quadro todo. Passou a chover fino. Eu amarrei o cabelo, fiz um rabo-de-cavalo, botei o blusão preto que tinha no braço e saí tranqüilamente. Na confusão ninguém me viu ir embora, acho que o frio mete medo nas pessoas, estava aquele tempinho ruim ainda por cima. Mas que rasguei o quadro todo com a faca rasguei.

Nesse dia alguém morreu?

Claro, professor, morrem sempre pessoas no mundo, a qualquer hora do dia ou da noite, basta olhar a televisão da sala, aquela onde às vezes eu apareço atuando nas novelas, como herói. Acabei agora de trabalhar em *Senhora do destino*. O noticiário só mostra morte e vilania, pode ir lá ver, eu também apareço na Globonews.

Eu sei, eu sei, Aimoré, digo alguém que você tenha visto morrer.

O menino?

É, por exemplo.

Como você sabe a história do menino?

Ouvi de você há pouco, você disse que se sentia um assassino de criança por não poder pintar uma criança viva nos braços da mãe. E tudo o que você disse ou fez eu sei, sou como uma espécie de tua consciência e um guardião da tua memória.

Pois é, não fiz a criança numa das minhas réplicas do quadro do Portinari, deixei o espaço em branco, e isso acabou dando problemas depois. Mas antes não tem como não lembrar da mudança repentina do tempo em Ipanema no domingo em que furei o Beardsley. O ventinho frio e a garoa foram empurrados por um calor e uma luminosidade que há muito tempo não se via. As pessoas saíram da toca, todos se mandaram para a água e, ali, na multidão, vi a Ana. Andei um pouco na areia, de sapato e tudo. Ela tinha mergulhado, os cabelos aloirados escureceram com a água do mar, a cabeça dela surgia e desaparecia, surgia e desaparecia, eu gritei Ana, volta, porra, aí é perigoso. E ela continuava nadando mar adentro, gritei várias vezes, as pessoas em volta me olhavam como se eu fosse um maluco, o sol se refletia nas águas, eu perdia Ana para o cintilar das ondas, via de novo, depois perdia mais uma vez. Não sei até onde ela foi, até as Ilhas Cagarras é que não podia ser, é muito longe. Sentei na areia e chorei como uma criança perdida, será que eu sou louco, professor Albano? Pedi desculpas a ela, por tudo, se ela tivesse voltado das águas teria acreditado em mim. Ali, naquela areia, me dei conta da incompreensão da minha parte, eu não podia ser uma pessoa normal, não podia, eu tinha que ser internado, caralho, perdi a Ana, volta, Ana, volta. Nem fazia tanto tempo assim a gente tinha ido a uma festa na casa do dono da galeria de Copacabana que vendeu quadros meus numa exposição no centro do Rio de que já falei. A Ana, na festa, como sempre, com as reações muito dela, intrigantes, esquisitas, provocadoras até.

Apartamento gigantesco, na Gávea, garçom com bandeja, uísque, vinho e *champagne*, todo mundo em pé. Ana acabou encontrando uma conhecida. Mudou-se com a amiga para uma outra sala, me chamou. Eu estudava o *Retrato de Anita* do *hall* de entrada do apartamento.

Depois vou, Ana, falei, compenetrado, os olhos colados na pintura.

Pancetti da segunda fase. Os dois quadros no chão atrás da personagem sempre me impressionaram, os quatro livros empilhados, dois por dois, enviesados, o girassol murchando escondendo parte do colo de Anita. Preferia a fase das marinhas, me lembrava os mares de São Francisco do Sul, a areia de algumas das ilhas da Baía da Babitonga.

Gosta do quadro, Aimoré?

A pergunta interrompeu a análise. Garota desconhecida.

Disseram que você é o Aimoré, que pinta. Meu padrasto comprou um dos teus quadros numa exposição no centro da cidade, é aquele com uma mulher emergindo das águas, uma luz em cima vindo de um holofote com o fio pendurado, a tomada para o fio está fixada na escadaria do Palácio Tiradentes.

A Assembléia Legislativa?

É, Aimoré, a Assembléia Legislativa. O teu quadro está ao lado de um Guignard e de um Volpi. Vem comigo, Aimoré, que eu quero te mostrar uma coisa lá no quarto da minha prima, essa casa é do meu tio.

Corredor longo, acarpetado, paredes pintadas de quadros, o quarto modernoso, ao fundo o *Menino morto* do Portinari. O som ligado, Marron 5, fazia uma química meio estranha com o ambiente, a televisão ligada, sem som, na MTV, clipe do Mundo Livre S/A.

Pô, como é o teu nome mesmo?

Marina.

Pô, Marina, o quadro é perfeito.

Mas é falso, Aimoré, de autor desconhecido.

Quem será que pode ter pintado assim tão bem, então?

Isso a gente não sabe, Aimoré, mas todo mundo acha ele lindo e perfeito.

Olhei os detalhes de perto, professor, traço por traço, tonalidade por tonalidade, tudo me era familiar, particularmente familiar. Quando me virei Marina estava diante da porta fechada do quarto, de frente para mim. Segurava o vestido vermelho de seda na altura do pescoço, não usava nada por baixo, seus olhos relampejavam. Marina parecia resfriada, fungava, me aproximei.

Quero tomar conta dos teus lábios, Aimoré — ela disse a frase com voz meio fanhosa —, vem.
Ela implorava com o braço esquerdo esticado.
Marina era magra, cabelos negros cortados bem curtos, com gel, tipo bailarina de tango, um rabicho de cabelo caía sobre a nuca, tinha olhos castanhos amendoados realçados pela farta maquiagem, nariz ligeiramente adunco, lábios grossos, carminados, bonita, seios rijos e rosados, a pele muito alva.

Não curto muito pegar sol, ela disse.
Suas palavras respondiam ao meu olhar para a penugem abundante e sedosa entre as pernas. Meu olhar deixava Marina nervosa, professor. Ela passou o vestido pela cabeça, o cabelo se desalinhou, deixou cair o vestido no tapete. O beijo foi longo; longo, apertado e profundo. Dei um passo para trás, admirei o seu corpo, ela me puxou, voltou a me beijar com devassidão. Obedeci à pressão da sua mão direita sobre a minha cabeça, ela ordenava que os carinhos descessem. Com a mão esquerda Marina — com dedos hábeis e petulantes — acariciava os seios, o esmalte escarlate comprimia bicos túmidos, Marina exigiu neles a língua que tinha penetrado havia pouco na sua boca, toques salivantes, circulares, Marina arfava.

Mas o movimento vertical devia continuar. Marina implorava.

Já de joelhos, desviei do *piercing* no umbigo, o mesmo movimento redondo e molhado dos mamilos, Marina gemia, arcava o corpo.

Só deixo ir até embaixo, entre as minhas pernas, se disser que me ama, senão não quero.

Marina pronunciou a frase quase chorando.

Tem que me amar um pouquinho, ela repetia senão não, senão não, senão não.

Eu não dizia nada. Ela puxou a minha cabeça pelos cabelos com convicção, exigiu de novo o desenho úmido e circular da língua no ventre alvo, trouxe a minha cabeça de volta aos seios, logo empurrou-a novamente para a barriga. Marina parecia febril, tremia, suspirava. Eu lambia com frenesi e consegui dizer um te amo salivoso. Ela, então, empurrou o seu objeto de prazer para o meio das pernas como se amparasse com as duas mãos frágil porcelana. De novo ajoelhado, meus braços seguraram Marina por trás. Acarinhei com os dedos antros deleitosos e pregas musculosas e enérgicas de ancas licenciosas, com a língua atritei, com regularidade, glande atrevida e insolente.

O senão não foi morrendo aos poucos entre pêlos e dobras melífluas, entre murmúrios e cicios libertinos, en-

tre juras e promessas concupiscentes, entre espasmos e contrações dissolutas. Marina enfiou o vestido, nada embaixo. Disse adoro os três quadros do meu padrasto lado a lado, o teu, o do Volpi e o do Guignard — ela já tinha dito que eles estavam lado a lado —, me abraçou com ternura, rumurejou palavras carinhosas, devorou minha língua.
As vozes da sala me amedrontaram. Ana me viu saindo do corredor com Marina, as duas se olharam, a sala tocava Herbert Viana. Ana me perguntou foi bom?

O quê?, eu perguntei.

A vista do quadro do Portinari, ela respondeu.

É uma cópia perfeita, eu esclareci.

A Marina leva muitos homens para ver o quadro, Aimoré, muitos, a pessoa com quem eu estava conversando me disse, você não foi o único.
Eu me calei.

E o menino da Estela, Aimoré?

Acho que meu pai, se tivesse me conhecido, ia gostar dos meus cabelos.
Ana Perena disse a frase como se seu pai estivesse na areia da Praia do Diabo, ali perto, atrás do Arpoador. O sol foi se pondo, um grupo de cabeças grisalhas, saudo-

sos do píer de Ipanema, aplaudiu com veemência quando o último raio desapareceu atrás dos Dois Irmãos. Ana sorriu, virou-se para o lado da Praia do Diabo onde devia estar o seu pai, e repetiu: acho que ele ia gostar dos meus cabelos, Aimoré, o meu pai, ele ia gostar dos meus cabelos como eles são.

E eu com isso, porra?
Perguntei com raiva mesmo, sem dissimular. Algumas cabeças grisalhas se voltaram para nós, tinham ouvido o tom da minha réplica, mas ainda continuavam extasiados com o pôr-do-sol. Paz e amor, diziam com os olhos, por isso acho que berrei de novo, com mais força, e eu com isso, porra?

Nada, Aimoré, nada, só estava pensando alto, só isso. Esses teus olhos de especiarias, esses lábios, vem! Na hora me dei conta de que ela nunca tinha falado dos meus lábios, nunca tinha comparado eles com nada, e era uma imagem literária fácil de encontrar, será que ela achava que eles eram feios?

Vem, Aimoré, vem, me beija.
Depois esqueci. Mas um dia ainda perguntaria a ela.

A maneira de se livrar de lobisomem é botando uma faca atravessada na boca da gente, dando um nó na fralda da camisa e rezando, rezando muito.

Menino oculto

O cego Baltazar me dava conselhos mal eu me aproximava do seu altar, entre as pedras no costão do lado de lá da Baía da Babitonga, sentia o meu cheiro. A conversa se espraiava até o início da tarde, meu único pagamento era a eterna garrafa de cachaça.

Da branquinha, menino, branquinha, não gosto da amarela, com muito cheiro de madeira.

Em respeito ao cego Baltazar, cheguei a ir até à cidade de Luís Alves, bem longinho de São Francisco, comprar cachaça para o meu oráculo da Baía da Babitonga.

Lobisomem tem o costume de, nas noites de lua cheia, visitar sete cidades em uma só noite — continuou explicando o cego da Baía da Babitonga. Anda daqui de São Chico até Laguna, por ali, e volta.

Eu nunca ia esquecer as histórias do cego Baltazar, que no fundo, tinham a ver comigo. Foi o gêmeo Querêncio que me trouxe de volta para o centro de São Chico.

6

O menino da Estela, sobre quem você perguntou há pouco, professor, já tinha morrido. Conheci a mãe dele na rua, no centro do Rio. Ela passou por mim, bem-vestida, gênero executiva de grande firma, seus trinta anos, cabelos negros escorridos, cintilantes, me olhou, um sorrisinho. Dei a volta e pus a mão no seu ombro, outro sorrisinho.

Quer um cafezinho ali na lanchonete? perguntei. Ao lado da lanchonete brilhava uma vitrine cheia de canivetes, facas de Rambo, punhais, facões. O Aristides ia gostar.

Aqui em São Francisco faca é mais para peixe mesmo, serra acima é para bicho de pêlo — explicitou Aristides

— ou para gente. Ele disse para gente com um sorriso irônico. Estávamos vindo do centro de Joinville, enchemos a cara de cerveja, nos entupimos de salsicha e marreco recheado com repolho roxo. Já em São Francisco descemos a ladeira que desemboca no molhe, depois caminhamos em direção ao museu do mar, eram por volta de seis horas da tarde, o museu aberto.

Vamos entrar!

Mas você está bêbado, Aristides!

Você também, Aimoré, empatou.

Entramos. Eu queria ficar ali para sempre, professor, entre aqueles barcos. Pescadores alados desciam dos céus e vinham nos cumprimentar, exibiam cestas e redes transbordando de corvinas, cavalas, arraias, tainhas, pargos, pescadas, camarões, lagostas, ostras, mexilhões. Senti tatuís me coçarem os pés, estrelas me acariciarem. Não sei se foi essa profusão de mitos do mar, pescadores alados, peixes sorridentes, redes monumentais, ou se foi o pirão do bar do Inaldo, que comemos para arrematar a comida do restaurante de Joinville. O fato é que vomitei e desmaiei dentro de uma canoa bordada de nome *Divina Açoriana*, as bordas eram azul-celeste. Aristides lembrou depois que para me tirar dali foi um custo, meu braço prendeu numa das cordas da rede estendida no fundo da canoa. Aristides teve que usar a sua faca para me libertar

da vida, como disse. O guarda do museu viu tudo, coitado, até amontoou a rede no lugar do corte para ninguém perceber, a gente conhecia ele do botequim do Cláudio. Aristides me mostrou a faca libertadora.
Ali, no centro do Rio, fui rever uma faca igual à do Aristides se exibindo para mim. Mas, sim, não quero perder o rumo da nossa conversa, professor Albano. Eu tinha parado na oferta de cafezinho. É que *flashes* de tempo e de espaço, como já falei, coabitam o meu agora; lampejos tal raios fúlgidos, como no hino de vocês, brasileiros, *flashes* que ornamentam e transformam sem cessar o cenário onde vivo. Por isso acabo escapulindo, não bem eu, a minha trama é que escapole.

Um cafezinho, né? Por que não?, ela respondeu quando pus a mão no seu ombro.
Ela foi, tomamos o café, conversamos muito. Tinha assistido ao vivo, da janela do seu hotel, em Nova York, ao atentado ao World Trade Center, contou todos os detalhes. Ela disse que é como se fosse hoje, não conseguia esquecer.
Era daqueles dias de calor, o centro do Rio um forno. A executiva não parava de falar.

Não sei como aceitei o seu cafezinho nesse calorão, teria sido bem melhor um chope. Vai dar trovoada mais tarde, olha as nuvens, dá até medo, lembra enterro, sempre que vejo nuvens assim penso em cemitério, acho que é porque no dia que minha avó morreu estava fazendo esse tempo.

É, mas depois vem o sol de novo, é sempre assim no mundo, dia, noite, dia, noite, eu respondi. Você tem pressa de chegar em casa?, perguntei.

Os clientes do café iam empurrando a gente à medida que chegavam. Acabamos no finalzinho do balcão. As paredes do café eram laranja berrante, o teto cinza-escuro. Repeti a pergunta.

Tem muita pressa de chegar em casa?

Eu é que trouxe a obra do Hélio Oiticica para o almoço do Capela. Cabrito com coradas, arroz de brócolis, mesa marrom, verde, branco e amarelo-canário, vinho tinto, pedido do Giácomo.

Dá mais uma passada no cabrito, garçom, prefiro mais sequinho, palavras dele.

Giácomo continuava mandando nos cardápios e nos nossos encontros como um todo.

É, porra, Aimoré, o puto do Hélio Oiticica era do caralho, morreu cedo. O rompimento com a superfície bidimensional do quadro é do cacete, o *Projeto cães de caça* foi sublime.

Menino oculto

Eu lutei, naquele almoço, para falar do espaço da representação, para isso tinha trazido o Hélio para perto das coradas. Pude dizer que, com a Lígia Clark, ele tentou, e conseguiu, ultrapassar certas linhas demarcatórias do que é pictórico.

O que o Hélio fez é importante para a minha literatura, eu disse, mastigando o cabrito sequinho por fora e suculento por dentro do Giácomo.

Que literatura, Aimoré?, a pergunta dele me surpreendeu.

A minha literatura, não, Giácomo, quis dizer a minha pintura, a história da minha pintura.

Ah, tá.

Eu tentei demonstrar que ele não estava sendo enganado. Talvez ele estivesse pensando, porra, esse Aimoré, além dos quadros, anda escrevendo romance? Tranqüilizei-o até no morango com nata. Nenhuma gostosa, como sempre se referia às mulheres, nos interrompeu.

Não muito, chegando em casa às oito está bom, respondeu a executiva do cafezinho do centro do Rio de Janeiro; o senhor tem cara de artista de novela, ela ainda acrescentou.

Senhor?

Você.

Eu?

É, você, cara de artista de novela das oito. Sarado. Inteiro. Dentes branquinhos, cabelos cortados segundo os padrões.

Você também.

Eu?

É. Tem alguém mais aqui?

Antes de ela responder, o meu vizinho de balcão deixou cair a colherzinha melada de açúcar no meu sapato.

Desculpa, disse o trapalhão.

Não foi nada, respondi prontamente, mas puto por dentro.

A moça que servia o café sorriu, ouvi ela dizer para mim gostoso, quero te comer, eu estava sonhando? Ela repetiu de boca fechada quero te comer. Era uma morena de cabelos crespos, olhos se revoltando em movimentos negros, lábios desejosos. Eu também a desejei como um louco. A garçonete segurou uma colher idêntica à que tinha caído no meu sapato, molhou ela na boca, enfiou com carinho no açucareiro e lambeu a colher com avidez sem tirar os olhos de mim. A minha nova companheira nem notou, ela estava com a palavra, acho até que disse outras coisas antes que nem registrei.

É melhor a gente parar, aceitei o convite para o café porque simpatizei com você, bonitão, bronzeado, meio perdido aqui na Buenos Aires, cara de surfista maduro de Ipanema.

Moro no Leblon, na Dias Ferreira, e você?

Botafogo. Conde de Irajá. Meu nome é Estela, como o nome do meu prédio.

Nome do seu prédio? No caminho tem um lugar legal, Estela, a gente pode ir lá.

É, o nome do meu prédio também é Estela. E o seu nome como é? E lá onde?

Aimoré, e você vai ver onde.

Aimoré? Como a tribo? E não sei se o meu marido vai gostar desse lugar aí que você fala.

É, Aimoré, como a nação indígena; e é só não contar nada para o teu marido.

Então vamos.

Nessa hora ela deu uma mexida nos cabelos, deslumbrante, as pupilas brilharam, úmidas, fixou o prédio da frente, parecia que estava consultando um oráculo naquelas paredes cinzentas, não sei o que ela estava vendo ali, me olhou literalmente dentro dos olhos, já transava com eles.

Está bem, vamos.

Só disse isso, está bem, vamos, além do diálogo calado dos olhos. Ela sorria um sorriso daqueles a que é difícil ficar indiferente, professor Albano. O está bem, vamos me deixou nervoso, ela ia ser minha assim, de repente. Entramos no táxi.

São Clemente, um pouco antes da Santa Marta, eu indiquei pro motorista.

Dobramos num motel dali, com nome de personagem mitológico. O táxi era daqueles com vidro escuro, eu já escolhi um desses de propósito, professor Albano. Ela se abaixou um pouquinho na hora em que o táxi pegou a entradinha do motel, os joelhos subiram, enfiou a cabeça entre eles, a saia subiu, quase na altura da calcinha, ela estava de meias pretas, a calcinha também era preta, coxas lindas, de foto de revista, não tinha como não passar discretamente a mão naquele vê de *nylon* orvalhado, com cheiro de gemidos, sons de secreções. Ela ajudou a direcionar a minha mão enquanto dizia baixinho, meu Deus, estou pertinho de casa. Relaxa, eu disse.

Já no quarto me beijou compulsivamente. Eu soube que eu era o homem mais lindo que ela já tinha visto, o mais gostoso, o maior e o mais grosso.

Só transo de camisinha, ela explicitou.

Depois gemeu pecados e culpas sofridas e fruídas, lambeu, sorveu, lambuzou, esperneou, aquietou e ressonou ao som do Capital Inicial.

O descanso do gozo logo se fechou. Estela, fêmea que não se farta, reiniciou os afagos.

Menino oculto

Abriu as pernas.
Ninfas suplicantes e molhadas reclamavam o parceiro.
Estela me consumia, requintava as carícias, me consumava, me elogiava, que eu decidisse os novos movimentos e posições, me nomeava seu louvado.
Arrastei seu corpo convulso sobre o meu.
Frente a frente.
Ela agigantou-se.
Ajoelhou-se, empancada.
Os seios exigiam as mãos do macho cativo.
Os bicos enrijecidos, trêmulos carmins de blandícias saciados.
Estela me aprisionava, professor. Amazona enlevada, ela subia e descia me olhando ao ritmo de sensações pouco a pouco controladas. Provocava o prazer. Dominava-o, me dominava. Suserana dos seus deleites. Do seu vassalo. Dos meus lácteos intimados, que, afinal, lhe obedeceram provocando nos dois amantes — após fricções e sensações cada vez mais intensas e já então descontroladas — um rebento gutural contido. Estela desabou, desfaleceu, adormeceu. Despertou meia hora mais tarde, ensaiou um beijo, examinou, sonada, o seu relógio estendido sobre a mesa-de-cabeceira, e levantou falando. Arquiteta, casamento meio em crise, filho de oito anos, nome Estela, confirmou nome para quê?, não sabe se

gosta do marido, telefone para portaria, pedido de táxi. Afinal, pesando na balança, foi bom mais para ela do que para mim, acho que se fosse partilha de bens ela tinha ficado com o uso-fruto. Troca de telefones, e a informação terrível que ela deu no finalzinho, na hora do adeus: o filho de oito anos não tinha mais, morrera no seu colo havia um ano, vítima de doença galopante. E a Ana Perena apareceu. Assim, como tiro de escopeta. Pam! A bala entrou pelo meu ouvido esquerdo, furou o que podia furar, deu uma volta lá dentro e saiu pela boca, lexicalizada. Ana, você aqui! Juro, Ana, que não quis agir daquele jeito, não queria te bater nem apontar o revólver, muito menos o punhal, não queria jogar o copo, estava transtornado, não sei.
Ela estava ao meu lado, no táxi, atrás do motorista. Olhava para o pescoço dele, a gola da camisa do motorista cerzida — ele tem uma mulher que cuida dele, gosta dele, arruma a roupa, a comida, o gozo, ele respeita ela, responde aos seus anseios, e ama, simplesmente ama, ela estaria pensando isso? Quis beijá-la, abraçá-la.

A Dias Ferreira é contramão, não é melhor o senhor descer aqui?

O motorista me olhava pelo retrovisor interno, o carro já parado, o rádio tocando Paralamas, o motor ligado.

Menino oculto

Dei cem reais, o taxímetro marcava dezoito, não tive nem cabeça para esperar o troco.

Fidélio tinha que sair perfeito. Ludwig me encarava, ia ler os meus gestos, a orquestra estava sob minha regência, cada movimento uma nota, ele ia ouvir ao jeito dele, pensei ver um sorriso nos seus lábios, como se dissesse, vai, maestro Aimoré Seixas, começa. Ofereci a batuta como sempre faço, ele agradeceu com um gesto nobre de cabeça.

A primeira ação de Ana Perena no novo apartamento de Santa Teresa, sem contar os intermináveis papos e visões com a *webcam*, foi pregar na parede da sala um pôster do *Menino morto*, do Portinari. Eu achava a cópia ruim.

Porra, Ana, eu pinto um igualzinho pra você, pra que um pôster?

Eu comprei numa exposição do Portinari no MASP, no ano passado, a exposição foi ótima, vale pelo quadro e pelo evento. E você sabe pintar, Aimoré?

Um pouco, respondi.

Foi a única vez que falei de pintura com a Ana. Para ela eu era só professor de literatura brasileira na Baixada Fluminense. Um dia depois colei um cartaz do quadro *Lapa*, do Iberê, bem ao lado do pôster da Ana. Estado Novo por Estado Novo, optei pelo Iberê Camargo, apesar de *Lapa* já ser de 1947 (Giácomo *dixit*). Giácomo também me disse certa vez, num restaurante com paredes verde-musgo de São Conrado, que Iberê fez críticas a Portinari naquela época. A mulher solitária do quadro do Iberê numa das esquinas do bairro da Lapa, no Rio de Janeiro, passava o dia olhando, pensativa, aquele bando de retirantes do Nordeste do Brasil. Não sei se ela entendia bem as razões dos choros.

Foi pensando no quadro que revisitei a Lapa, no Rio. A noite boêmia revitalizada me impressionou. Andei pelas ruas coloridas de gamas variadas de ritmos, de estrepitosas cores. Massa compacta, vigorosa, alegre. A cena com a polícia me comoveu. Oito policiais militares, fortemente armados e paramentados, curvaram-se, em respeitosa mesura, tal comissão de frente carnavalesca, para um acanhado bar onde uma dezena de sambistas cantava um conhecido hino da Portela. A música cresceu, houve aplausos, até algumas lágrimas. Os policiais, na despedida, retiraram o capacete, e repetiram a deferência. Que a arte vença a violência do Rio, professor Albano.

Não fica com medo, não, menino, eu, o cego Baltazar, te protejo. Tens medo de lobisomem?
Tenho, tenho medo, respondi baixinho.
Ele continuou suas explicações.

Menino oculto

Se o sujeito pega a lamber e comer terra e vai ficando amarelento, pode estar certo que é lobisomem, o mal da terra tomou conta dele, menino, tomou conta dele.

Não tive coragem de dizer ao cego Baltazar que um amigo, o Aristides, às vezes ficava amarelado e esquisito.

Pois é, menino, o falecido compadre Miguel Trindade um dia se jogou no lugar onde um cachorro, desses baita, mestiço pastor, acabava de dormir. Ele pensava que eu não via, mas a minha cegueira às vezes me faz ver melhor. Ele rolava para um lado, para o outro. Senti, de repente, o Miguel Trindade se transformando em lobisomem. Vi quando o genro, à procura do sogro, encontrou o lobisomem bem no lugar onde o cachorro dormia. O Miguel Trindade transformado em animal sufocou o marido da filha com as patas, o pescoço do pobre rapaz ficou roxo. No dia seguinte Miguel Trindade se foi dessa para outra. Uma peixeira atravessou o coração dele, um companheiro de pescaria, com a facada certeira, livrou Miguel Trindade do mal. Não tinha jeito, amigo nessas horas tem mesmo que matar. Tinham tentado de tudo, chamaram até a comadre Jula, a benzedeira lá das bandas de Garopaba. Não houve meio, só acabando com esta vida do coitado do Miguel Trindade. Com o Lino Tainha, que eu já contei da última vez, foi diferente. O mal dele ainda era pequeno. O Miguel Trindade matava gente de noite, mulher entrevada, homem desprevenido, matou uns dez adultos, só não matava criança com menos de sete anos, machucava elas por dentro, dor de barriga, enjôo, sarampo, tudo, mas matar não matava. Lobisomem dos brabos só esfaqueando, não tem escapatória, é a vida, menino, é a vida.

Às vezes sinto o cego Baltazar por aqui, professor Albano. Voando, alisando o ladrilho branco aí das paredes, tocando com as mãos calosas o teto verde do quarto. Sinto o cheiro de mar das suas roupas, me emociono só de pensar, queria que ele me salvasse, me tirasse daqui, me indicasse um caminho, queria a luz dos seus olhos, a sabedoria das suas crenças, a força dos seus conselhos. Ele prometeu me dizer qual deve ser o meu papel no mundo. Me salva, Baltazar, juro que errei na vida, mas você tem que me salvar, você é meu Deus.

Não sei se são lágrimas, professor Albano, meu rosto se salga assim de vez em quando, escorrem saudades dos meus olhos, os ladrilhos se embaralham, me sinto cego, parece que daí então é que consigo me situar melhor no mundo. Cego é que reconheço tempos e espaços, ponho eles em ordem, desculpa, professor Albano, desculpa, desse jeito assim, com lágrimas na garganta, não sei se vou conseguir continuar falando aí para esse gravador.

7

Nós estamos é interessados no quadro, doutor Aimoré Seixas, no quadro, refaz o trajeto na tua cabeça, tenta lembrar, porra, isso não é literatura, cacete, a gente quer coisas concretas e não fábulas.

Quem me trouxe aqui para esse lugar? E quem é o senhor?

Não interessa, só me chama de senhor e pronto, ou qualquer nome que você quiser, pronto, de doutor Orestes, por exemplo; e o lugar é o mesmo daquele dia em que você veio esfaqueado lá da serra.

Eu tenho que falar da viagem, do mar, da serra, refazer o trajeto direito, detalhe por detalhe, senão a minha cabeça entra em pane, congela, fica fora do ar, então vou devagar, só daí vou poder localizar o quadro que vocês querem, senão não me lembro de nada, doutor Orestes. Esse céu azul de Lajes tem muito pouco a ver com a tainha degustada no restaurante de Itajaí poucas horas atrás. Tainha assada, orgulhosa, farofa dentro, os olhos me devorando por trás do véu dos graus centígrados, me come ou eu te como, tainha praieirinha, de manezinho das pernas finas, da peixeira afiada, fininha de tanto amolar na pedra, moreninho de usos e costumes magros. O sotaque com cheiro de mar e gosto de sais de ilhas distantes. De porto de naus curiosas e mexeriqueiras, trazendo gente, cores, sons, pensamentos, levantando asas, sabiás cantores e gaiolas de garapuvu, içás-mirins de São Francisco do Sul, papa-siris dos Açores e da Madeira metidos a conquistadores e a bestas. Tudo regado, na minha cabeça, ao *Sonho meu* cantado por Gal e Bethânia, com calafrio brasileiro.

Por que essas descrições todas, doutor Aimoré Seixas, por que esse romance? Por que esses peixes e naus curiosas, por que essa música? Para nós só o quadro interessa.

É que tenho que mergulhar no ambiente para reavivar a memória, doutor Orestes, começar lá do começo. Aqui na serra é diferente, estou na serra agora, não estou?

Menino oculto

Está, está no planalto catarinense.

Pois é, doutor Orestes, eu dizia, esse céu azul-turquesa, esse vento nas orelhas, mostrando quem manda, ouve-me ou te devoro. Diferente do vento sul de Floripa, diferente como a solitária bacaba de José de Alencar é diferente de todas as palmeiras. Na serra tudo é matéria para um quadro. Araucárias, pínus, cercas, vacas, colinas, tropeiros, como esse que passou naquela hora na nossa frente, quando pedimos informações.

Buenas, tropeiro, qual das duas é a estrada pra Lajes?

Tardes, companheiro, respeitos. Por ali, é só pegar a da direita e estão em Lajes, vão com Deus.

Obrigado pela informação, tropeiro.

O chapéu do lajeano, se você visse, professor Albano, emoldurava o rosto queimado cortado horizontalmente por um vasto bigode com um defeito num dos lados, um corpo largo, forte. Vi na viagem, professor, imagens de cavaleiros que desciam pela Serra do Rastro tocando o gado para o mar de Florianópolis. Lá da baixada litorânea dava para enxergar aquela serpente peçonhenta descendo o desfiladeiro, o coração dos praieiros disparava, o da mulher deles também. Claro, como resistir àquele falar serrano, àquele bigode, àquele corpo, àquele punhal de prata na cintura, àquele bagual altaneiro, relinchando e passarinhando ao toque da espora? Quando o tropeiro, agigantado, entrava na vila, o meio das coxas das mulheres intumescia, molhava. As ferraduras no pé-de-moleque açoriano ressoavam, retinir meloso, o som férreo transformado num gozo recolhido, manhoso, o falo monstruoso do garanhão tordilho se avultando, exigente, autoritário, ávido, sôfrego por fêmea. O olhar da moça, transformada em égua, magnetizado, preso à glande rosa melosa, pejada, sêmen úbere e luxuriante, jorro iminente. O marido José imaginando: a filha da puta da Francisca está querendo foder com o lajeano! Aquele olhar dela ora para o chão, dissimulado, ora para o membro viril do cavalo, traço vermelho longo e roliço desabrochado na ponta, acompanhando horizontalmente, rijo, a barriga do animal cingida pela cilha colorida, o sorrisinho dela meio descontrolado.

Ele já tinha visto aqueles trejeitos da Francisca antes. Na época ele foi o beneficiado, mas agora só mesmo enfiando a peixeira de descamar tainha nos costados do cavaleiro aprontado. Desfecho errado. O aço serrano é que furou, uma, duas, três, quatro, cinco vezes. O pé-de-moleque da vila açoriana de súbito vermelho em rubros latejos frementes, o sopro de vida do José sumindo no chão por um coito roubado, por um amor, por uma boceta, valia a pena? O cavaleiro lá da serra, aquele que informou é só pegar a da direita e estão em Lajes, era desse tipo que entrava com as esporas tilintando nas pedras, nos corações e no sexo das moças das vilas praieiras.

Mas o que que a palmeira de José de Alencar e o olhar da porra da praieira têm a ver com o quadro que estou querendo, doutor Aimoré Seixas, o quê?

Nada, doutor Orestes, é que parti de uma aquarela, o capim verde-amarelado nos prefácios dos pampas apontando para o anilado, as manchas verdes dos capões, as ondulações realçadas pela serpente de pedra dividindo fazendas, guampas mugindo como pontos de última hora do pincel desvairado confeitando a tela bucólica, porra, não posso sentir nada? E, me diz, tem a ver com o rosa-choque dos *shorts* e dos biquínis e dos pêlos oxigenados indicando o caminho de sexos também oxigenados ouvindo Beyoncé no disc-man, entre coxas e prédios das mulheres de Camboriú que a gente deixou para trás há poucas horas? O tempero e a aquarela eram diferentes, só isso que eu quis dizer. Nessa troca incessante de lugar, vocês me carregando para o Rio, do Rio para Florianópolis, de Florianópolis para Lajes, como um joguete seqüestrado, as minhas referências somem, passado e presente se fundem, espaços aparecem borrados na cabeça.

Está bem, mas isso afasta a gente do nosso pacto.

Afasta de quê?

Afasta do quadro.

O quadro, porra, o quadro, por que ele é tão importante?

Porque custa caro, é um objeto de valor para nós, tem dono, autor, comprador, segurador, não é teu, é de quem pagar mais.

O senhor parece a loira da Atlântica do Rio de Janeiro falando, doutor Orestes.

Por quê?

Porque o senhor também conseguiu ler imagens da minha mente. Ela, no fundo, sabia que ia acabar morrendo.

Claro, doutor Aimoré Seixas, eu vi as paisagens serranas como você, senti cheiro de grama e de vaca, mas vejo principalmente um espaço em branco a ser preenchido pelo menino morto, e eu não tenho nada a ver com a loira, nem sei do que você está falando, não sei quem é essa mulher da Atlântica do Rio de Janeiro.

Mas que parece a loira parece, lembra também aquele solo do *I Put a Spell on You*, do Creedence, e a música do Santana, os putos não envelhecem. Ouço eles quando pinto alguns dos meus quadros lá na Dias Ferreira, no Rio.

Menino oculto

O senhor parece louco mesmo, doutor Aimoré, não é à toa que acabou aqui, internado. Está querendo enrolar a gente, misturando música, aquarela e mulher do Rio, não caio nessa. O senhor sabe muito bem que o que me interessa é o quadro, mas está bem, vai, então pareço a loira, está bem, se isso ajuda você a se lembrar de onde está o quadro!

E eu, então, professor Albano, vou te dizer, para você eu vou dizer por que falei daquelas paisagens, daqueles lugares, daquela viagem para aquele homem que me interrogava com frieza, sempre me chamando de doutor Aimoré Seixas. Ele faz parte daquelas pessoas que não gostam de mim, eu associei as coisas, professor Albano, pensei nas oferendas e no menino que não pintei. É que tive que matar pessoas durante o trajeto do mar até a serra, os jornais falaram de *serial killer* do Vale do Itajaí.

Em Camboriú, no café da manhã do bar da avenida paralela à praia, a brisa soprando, um cheiro estranho de chimarrão, churrasco na grelha e torta de chocolate, fui ao banheiro. Tinha uma moça daquelas típicas da região, moreninha, frágil, limpava o chão, ainda lembro das poucas palavras.

Por Nossa Senhora, moço, não faz maldade comigo.

Não é por mim, moça, alguém precisa de você na Babitonga.

Eu não fiz nada, moço, juro.

Ela falava baixinho. Minha mão segurava com força a sua boca, o som saía estremecido por entre os meus dedos.

Nunca traí Deus, nunca traí ninguém, seu moço, a única vez foi com o patrão, ele me forçou.

Ela ia começar o rosário de culpas. Eu pensei comigo, vai ver que ela gostou do pau do patrão. Então a faca entrou nos rins, atrás, acho que a portuguesinha nem entendeu. Enfiei a cabeça dela no vaso e fui embora.

Em Itajaí, na boca o gosto e no nariz o cheiro da tainha de que já falei, a mesma faca acabou furando um menino já grande metido a engraçadinho que queria entrar no banheiro na minha frente. Aquele recebeu a ponta do punhal bem no coração, ficou arregalado me olhando, acho que queria dizer alguma coisa, só me lembro do uh, uh, uh.

Em Indaial foi diferente. Me afastei um pouco da estrada, disse que queria ir esvaziar a bexiga, cerveja demais, um agricultor de tamanco passou com um saco nas costas. O punhal atravessou o estômago, ele reagiu, enfiei a mão na boca daquele merda para evitar o grito, ele me mordeu, a faca entrou de novo, agora na virilha. As poucas palavras que ele disse foram raivosas, diferente da mulher da faxina.

Menino oculto

Seu filho da puta, te esgano e te mando para o inferno, demônio excomungado!
Ele me passou raiva. Já morto ainda dei outra fincada, agora no coração, era a minha vingança por ele ter me chamado de demônio excomungado.
Em Rio do Sul, o motorista do carro cismou de pedir pão com mortadela na birosca na beira da estrada. Dava para ver dali as duas pontas da igreja, a cidade branquinha lá embaixo, bonita, o rio Itajaí-Açu coleando no vale, claro que a birosca era lugar de putas, uma zona, tinha até luzinha vermelha acesa na porta e tudo. A morena me chamou para dentro enquanto a outra preparava o sanduíche. Da cama ela não levantou mais, ficou lá, estátua, olhos fixos no teto azul-claro, de madeira, o rádio de cabeceira tocando 2 PAC. O punhal entrou e saiu rapidamente no lado esquerdo do peito, espero que ela tenha gozado antes. Ela nem soube que morreu! Confesso, professor, que me arrependi um pouco. Pensei que perto da igreja que a gente tinha visto há pouco lá embaixo no vale podiam estar alguns quadros da Bernadete Bazzanella que conheci numa exposição da Aliança Francesa de Ipanema, no Rio. Alguém na minha frente comprou um dos seus quadros retratando uma paisagem com contornos um pouco abstratos, em destaque plantações de uva, casas ao fundo, com uma estrada afinando-se no horizonte.

A ondulação realizada com traços retilíneos me trouxe harmonia e descanso, pensei no quadro e me arrependi do ato ignóbil, mas necessário, que acabava de cometer. Perto de Lajes foi parecido. Era um baixotinho, bem-vestido, levou uma estocada no estômago. A faca entrou e saiu cinco vezes. Veado chupador de pau! Aquele nunca mais vai querer sexo com homem na beira das estradas do inferno, envergonhou a raça.

Vem, gatão — falava o baixotinho todo cheio de trejeitos —, vem provar do prazer desse teu escravo, deixa a minha língua deslizar, te chupar todo, pode deixar escorrer na boca.

E depois o corpo envergando para o chão, ele fazendo que não com a cabeça, duas, três, dez vezes, o aço já dando conta da sua vida.

Ia me esquecendo de um cara metido a machão perto de Blumenau que me mostrou uma coleção de facas no porta-luvas do carro, acho que quis me impressionar, imaginou que eu estava dando em cima da baranga ruiva da mulher dele. Ficou lá com a cara enfiada no porta-luvas, a mão esquerda segurando o volante, a direita tentando desfincar o punhal da própria coleção alojado nos pulmões. Chico cantava *Construção* no alto-falante ao lado do porta-luvas. Do nelore furioso do início, o cara parecia, ali caído, filhotinho de gato miando e implorando clemência.

Menino oculto

Me leva para o hospital, senhor, eu não queria ameaçar ninguém com os meus punhais, tem um hospital aqui perto, por Deus, tenho família.
Mal sabia ele que já era mais que tarde. Tudo aconteceu perto da escultura do Guido Heuer, aquela presa monumental na beira da estrada que agarra a gente com carinho. Admito, professor, que se tivesse olhado para a escultura antes o sujeito talvez tivesse escapado, eu escolheria outra vítima, a arte mexe muito comigo, muito. Ainda encontrei tempo para ir ver as obras de arte da Lygia Roussenq que mobiliam as paredes da entrada lateral do shopping da cidade, encontrei nelas a paz de que precisava. Foram muitas mortes, muitas. Eu deixava as mortes para trás, a polícia tinha que correr se quisesse me achar, de qualquer maneira ninguém tinha visto mesmo, nem o motorista do carro. Nem a arte de alguns artistas do Vale conseguiu impedir a expiação suprema, professor, a arte também tem limites.

Mas por que matar essa gente toda, Aimoré? Eles não fizeram nada.
Eles tinham que morrer, professor Albano, os deuses e os mortos da Baía da Babitonga pedem sacrifícios, professor, sempre, alguém tem que ser imolado.

E o quadro, doutor Aimoré Seixas? Se não disser logo, alguém acabará jogando o senhor num valão com um punhal no peito, doutor Aimoré Seixas, com um punhal no peito.

Não posso falar do quadro agora, doutor Orestes, porque a Ana está por aí. Sinto no ar. Ela refaz os diálogos que tivemos, os bons e os ruins.

Sente o vento trazendo o perfume das flores, deixa que ele penetre em você, assim você se aquieta, não me bate mais, não me maltrata com palavras, sem violência.

Porra, Ana, me desculpa, fica aqui comigo, fica.

Não tem porra nenhuma de Ana aqui, doutor Aimoré Seixas, tenta localizar o quadro, cacete. Se a gente falar dos gêmeos, não abre uma pista?

Os gêmeos! Eles falam sempre comigo, aparecem com o Aristides.

Em quinze minutos a gente está no distrito do Saí, lá no outro lado, seu Aimoré, terra de índio macho, de socialistas, de corsários.

Era sempre o amorenado que falava.

Dá uma espiada nas ilhas da baía, seu Aimoré, nessas ilhotas vivem almas de degredados, índios assassinados, mercadores de ouro e de fortuna fácil, piratas, ali se aninham monstros alados. A gente tem que evitar algumas dessas ilhas à noite, são povoadas por almas penadas clamando por justiça e chamando a gente.

Vem, canoeiro, vem aqui, aqui sobram poder e riqueza, mulheres e criados, víveres, ouro e vinho, vem!
Foi o Aristides, professor Albano, que imitou para mim a frase da alma penada açulando os desejos de abraçar as delícias das ilhas. O apelo açucarado iniciado pelo vem canoeiro o gêmeo sabia de cor, canto traiçoeiro repetido de geração em geração.

O quadro, doutor Aimoré Seixas, o quadro, deixa então esses gêmeos que não servem para nada, essa porra dessa Ana, o Aristides.

Mas eles existem, sim senhor, doutor Orestes.

Está bem, existem!

A melodia invadiu ouvidos, narina, olhos, eram como acordes de um véu de flores de Katmandu, professor Albano, um véu de flores brancas e rosa que nos envolvia dos pés à cabeça. Ana acordou já flutuando, implorando meu corpo, se penetrando como podia, me devorava com as esmeraldas, os vizinhos continuavam os cânticos, a cítara longa e chorosa se insinuava em curvas e ângulos reentrantes do corpo, não sei por que não gostei daquela madrugada de gozos e melodias. A Ana estava desfigurada, os cabelos amarrados em cima, as orelhas sobressaindo, o tom da pele, tão claro de costume, acobreou-se, um Buda do Nepal misturado com mercador árabe, não a reconhecia, nem sei se ela se lembrava de que eu estava ali.

Você se lembra de que eu estou aqui, Ana?
Nenhuma resposta.
Continuei a perguntar, umas dez vezes, sempre a mesma coisa, até que me exasperei.
Toma!
A taça de vidro, ainda com restos do vinho da véspera, se espatifou na parede bem pertinho do seu rosto. Na pintura marfim da parede se desenhou um ser desengonçado, molhado de chuva sanguinosa, daí ela acordou.

Sei que você está aí, sim, Aimoré, sei muito bem. Não me lembro de ter sentido esses prazeres, que senti há pouco, com ninguém, só você é capaz de me proporcionar isso.

Então por que você não respondeu às dez perguntas idênticas que te fiz?

Menino oculto

Dez?, ela parecia atônita, dez?, repetiu a pergunta.
É, dez, talvez mais, eu insisti.
Acho que você ainda está meio adormecido, meu amor, gozou dormindo, as cantigas dos nossos vizinhos estão cada vez mais suaves, só ouvi você perguntar uma vez. E esse vidro, Aimoré?, esse vidro que sujou a parede. Você jogou com violência, podia ter me machucado de verdade.

Eu já fui atacado por lobisomem, menino.
Baltazar voltou o rosto para mim, professor, tentei adivinhar a cor dos olhos por detrás daquelas pálpebras fechadas.
Enfiei a faca no coração, menino, era um lobisomem dos grandes, pêlo meio avermelhado. A luta durou um bom tempo, o bicho queria tirar a faca cravada no peito, eu segurava o cabo com as duas mãos, ele, com a direita, tentava se livrar do aço pontudo, com a esquerda buscava abrir os meus olhos, queria furar eles com as garras. E eu segurando firme. Rezava para Deus Nosso Senhor, até que ele caiu uivando e babando, a língua de fora. No chão, de repente, vi o Lino Tainha.
És tu, Lino?
Cego Baltazar, agradecido por Deus Nosso Senhor Jesus Cristo! Pela rainha dos mares da Babitonga, por

Nosso Senhor dos Passos. Obrigado, agora estou salvo, eu e a minha família, o mal saiu de dentro de mim. Lino Tainha podia ser recuperado, o mal dele era fraco, ainda me explicou o cego da Babitonga.

Carlos Gomes olhava da segunda fila, *O guarani* não ia sair errado. Ao mostrar a batuta estendida sobre as minhas mãos ele sossegou. Naquela noite, não sei por quê, fui com os cabelos molhados, penteados, temi que o compositor não me reconhecesse, mas o gesto com a batuta me identificou.

O quadro, doutor Aimoré Seixas, o quadro!

Se vocês me trouxeram para cá na marra, doutor Orestes, é normal que eu esteja confuso e perdido.

Então pensa com calma, vai, doutor Aimoré Sanches, vai, pensa com calma; pode interromper a narração, fala do Aimoré Sanches maestro, do Aimoré Sanches na gruta do Baltazar, nos coitos, nas trepadas, nos assassinatos, tudo bem, vai, manda brasa nas digressões, pensa com calma, pensa também no quadro, prometo que não vou me irritar, doutor Aimoré Sanches, prometo.

8

Para chegar ao quadro, doutor Orestes, tenho que passar por aquele trajeto, como já disse mil vezes. Camboriú, Itajaí, Blumenau, Indaial, Rio do Sul, depois Lajes e o bigodudo comedor de mulheres dos papa-siris, a vertiginosa transformação da paisagem, cheiros e gostos que me reavivam a memória.

Como sabe, professor Albano, Aristides já viajou comigo. Certa vez tentei dividir com ele as minhas sensações. Cada ponte atravessada um gosto diferente me embebia, cada montanha vencida um perfume diferente me impregnava, ele não pareceu realmente se sensibilizar. Numa das vezes, me lembro bem de ter experimentado essas sensações, estávamos vindo de São Francisco do Sul para Lajes. Ele tinha pintado dois grandes quadros da Frida Khalo, os quadros eram divididos em partes, uns americanos viriam buscar o trabalho em São Francisco, nunca entendi bem direito, mas Aristides pintava uma parte em Lajes, outra em São Francisco, tinha um ateliê na beira do mar, outro na serra, acho que era para despistar. Eu ajudei ele a terminar uma das pinturas, eram férias escolares de verão, dezembro e janeiro, foi um pouco difícil fabricar a cor exata. A gente tinha uma foto enorme do original como modelo, os próprios americanos é que mandaram a foto. Vieram pegar os quadros no dia estipulado, gostaram muito do nosso trabalho, iam mandar a mercadoria, como se referiam às pinturas, através do porto de Paranaguá, ali pertinho de São Francisco.

No dia combinado quem falou com os americanos, num terreno baldio na saída da cidade, foi um cara lá da serra, nós não vimos a cena. O cara veio, pegou os dois trabalhos, enfiou tudo num jipe Land-Rover, deu uma grana para o Aristides, que ele dividiu comigo. O mesmo lajeano voltou de tarde em outro carro, dizendo do encontro no terreno baldio na saída da cidade e que os americanos tinham gostado da mercadoria. Foi ele que disse que os gringos só falavam de mercadoria, o detalhe de Paranaguá foi o Aristides que contou.

Mas, como eu estava te dizendo, professor Albano, no trajeto fui me deliciando com a alternância constante de paisagens e cheiros, fiz na cabeça um desenho, que depois passei para a tela, um quadro em *camaïeu*, com o *dégradé* da esquerda para a direita, do mais escuro para o mais claro, em tom pastel, com a paisagem do Vale do Itajaí como fundo borrado. Um vale com formas abstratas, como a minha história, era assim que a minha memória via o passado feito presente, como a me relembrar que o passado não existe, abstração que aumentava com a troca incessante de entrevistadores e de lugares, eu carregado para cá e para lá como um saco de batata.

Uma ocasião Aristides queria que cada um de nós pintasse uma tela em homenagem à chegada do navio *l'Espoir* à Baía da Babitonga, em fins do ano de um mil quinhentos e três, início de um mil quinhentos e quatro, que deveríamos oferecer à prefeitura, para fazer média, como ele disse. Aristides sugeriu a imagem do comandante Gonneville ao lado de Essomeric olhando a cidade de São Chico hoje, já moderna. Eu fiquei de pensar. Compararíamos os dois trabalhos em três dias.

Eu pintava e dormia num quarto no andar de baixo da casa de estilo açoriano da firma de Lajes, Aristides tinha o ateliê no segundo andar. Ele manteve a palavra quanto ao cenário do seu quadro, só acrescentou a cruz levantada por Gonneville no morro atrás da cidade. O quadro ficou interessante, o carijó estava em êxtase, Gonneville idem, a cidade parecia alheia a qualquer forma figurativa, com cores vivas, contrastando com o aspecto sombrio da cruz, que lembrava vagamente uma bandeira americana fincada no morro, não entendi a razão desse pormenor. Depois foi a minha vez.

O que é isso, Aimoré Seixas, o que é isso?

Isso o quê, Aristides?

Esse troço que você fez! Ficou maluco? Às vezes acho que você devia ser internado num hospital para loucos.

Aristides não gostou de ver o Içá-Mirim meio lobisomem exibindo um pênis monstruoso numa cena de cópula monumental com Suzanne, a filha de Gonneville, a indiarada toda em volta morrendo de rir. Também desenhei uma cruz ao fundo.

Pô, Aimoré, tenha dó!

Mas, Aristides, no museu explicaram isso para nós, ele comeu ou não comeu a filha do capitão francês? Teve quatorze filhos!

Comeu, Aimoré Seixas, mas não se faz isso, e depois, esse picão do Essomeric, e ejaculando ainda por cima, que que é isso! É um desrespeito com a cidade e com a igreja, é um trabalho profano, Aimoré, não faz isso comigo!

Menino oculto

Não tive a oportunidade de dizer a ele que eu tinha começado o quadro, ao som do Black Eyed Peas, com o cacique Arosca oferecendo nos braços o filho Içá-Mirim ainda pequeno, como no quadro *Menino morto*, do Portinari, depois rasguei, e recomecei com a cena do encontro sexual. Acabamos, Aristides e eu, tomando um litro de cachaça com zimbro no bar do Cláudio e, às gargalhadas, apagamos com duas garrafas de cerveja as nossas obras-primas sob o olhar cúmplice dos beberrões de plantão.
Outra vez, numa das viagens para a serra, Aristides foi muito grosseiro, professor Albano.

Você perde tempo com as tuas loucuras e esquizofrenias, Aimoré — Aristides falava alto —, eles acham que você é melhor que eu, então vai pintar o menino morto que eles tanto querem.
A frase do Aristides foi seca, muito seca e dura, professor Albano — eles acham que você é melhor que eu! Não sei qual a razão de ele ter se ofendido assim. Depois ele permaneceu calado até chegarmos à fazenda. Estivemos uma outra vez na fazenda, eram férias de julho, inverno, me lembro.

Então pronto, doutor Aimoré Seixas, agora você, passando por Camboriú, Itajaí, Blumenau, Indaial, Rio do

Sul e, depois, Lajes, chegou na fazenda do seu avô com o Aristides, você já pode encontrar a merda do quadro, não pode? A vontade que a gente tem, doutor Aimoré Seixas, com todo o respeito, é de te enfiar a porrada, entra nesse silêncio, não responde nada, fica inventando diálogos, desenhando o Içá-Mirim pornográfico, e vendo coisas na cabeça, é? Olha para mim, sou eu que estou aqui te fazendo perguntas, mais ninguém.

Está bem, doutor Orestes, calma, eu vou acabar localizando o trabalho. Quando a caminhonete se aproximou do cruzamento que o tropeiro tinha indicado eu comecei a reconhecer o lugar, meia hora depois a gente estava entrando na fazenda, reconheci também na porta da casa o homem do quadro.

Reconheceu de onde?

Isso é o que até hoje não consigo me lembrar, acho que foi numa exposição no Paço Imperial, no Rio. Ele foi junto, um grupo grande, tomar chope naquela ruazinha que fica no outro lado da Praça XV, aquela que a gente passa por baixo do arco, Arco do Telles. Entramos num lugar barulhento, música ao vivo, as paredes pintadas de negro, me lembro que alguém procurava muito falar comigo nas horas em que a música do CPM 22 deixava. E o assunto era sempre os meus quadros, tenho quase certeza que era ele.

Menino oculto

E ele falava de algum outro pintor?

Claro, doutor Orestes, a gente falava de dezenas de pintores. Uma hora deu um intervalo, passou a tocar Mariella Santiago.

E quem eram as pessoas que estavam nesse grupo, doutor Aimoré Seixas, quem eram? Tenta lembrar.

Não sei, não conheço, aliás, não sei se eu estava com elas ou elas comigo, só sei que um grupo foi andando na direção daquele bar e eu fui junto, mas alguém estava sempre ao meu lado.

O senhor gosta de crianças, doutor Aimoré Seixas?

Claro, doutor Orestes, sou professor primário na Baixada, gosto de ver a piazada fazendo perguntas.

Piá? É essa a palavra, doutor Aimoré?

É, piazada, um monte de piá, o Aristides só se refere assim às crianças, para adulto ele diz jaguarada, repete sempre a frase — mata essa jaguarada.

E o cara que estava com você naquele dia na rua do Arco do Telles, ele falava em piá?

Falou, sim, como o senhor sabe, doutor Orestes?

Não interessa! O que que ele disse?

Falou do piá do quadro.

Que piá?

O piá que faltava pintar, doutor Orestes, ele me chamou para um canto e disse vamos ali no Carolina Café, na Rua da Assembléia, não é muito longe, é tranqüilo, quero conversar com você.

Vamos, eu respondi.

Naquela hora, professor Albano, a Rua da Assembléia estava apinhada de jovens executivos misturados com moças tipo secretárias e estudantes. Chegando no café ele disse que tinha muita gente, acabamos indo no bar ao lado, na esquina, com porta de vidro, dava pra ver da mesa o prédio da Assembléia Legislativa e o Paço Imperial iluminados, era maravilhoso, me deu vontade de pintar a paisagem. O som do Djavan, ao fundo, me ajudava. Comecei a desenhar na toalha de papel, me lembro que o homem parou de falar. Consegui desenhar a Assembléia e parte do Paço. Criei, com um pilot que levava comigo, uma luz amarela no alto, no céu, tipo holofote, mas o holofote estava flutuando no ar com o fio pendurado desligado da tomada aqui embaixo fixada nas escadarias do palácio. Eu mesmo achei bonito. Não deu para continuar porque o tal homem, agora tenho certeza que era o mesmo que me esperava na casa da fazenda, arrancou a toalha, dobrou ela em quatro e botou numa pasta. O garçom logo veio e estendeu outra, branquinha. Naquela virgindade estava o meu quadro completo, terminado, com todas as cores e formas, com holofotes, fio pendurado e tudo. O homem me fez uma pergunta.

Por que você está olhando tanto para a toalha de papel?
É porque estou acabando o quadro que comecei e você roubou, respondi na bucha.
Não roubei, é apenas para você se concentrar na conversa.
Eu sempre desenho o modelo antes, bem acabadinho. Repito depois. É o que fiz agora com essa vista deslumbrante.
Está faltando o piá morto nos braços da mãe.
Que piá?
O piá, caralho.
O menino morto?
É, porra, o menino morto.

Essa cena aí do Paço Imperial e da Assembléia Legislativa eu não descrevi para o cara que estava me inquirindo, só estou contando para você, professor Albano. Existiam dois grupos com interesse no quadro, eles me seqüestraram mais de uma vez.

Estou sentindo gente aqui comigo.
Que gente, doutor Aimoré?

Godofredo de Oliveira Neto

Gente, doutor Orestes, gente. Eu tenho que falar de outras coisas.

Quando Ana achou emprego em uma ONG as coisas até melhoraram, ela pôs os pés no chão. De qualquer maneira, ela disse, as suas reservas de dinheiro estavam mesmo acabando. Chegava exausta, defesa de baleias, borboleta azul, mico-leão-dourado. Só falava nessas coisas. Até se zangou quando perguntei e gente, vocês pensam também salvar?

Pensamos, sim, pensamos salvar as pessoas reservando a elas um mundo menos destruído, uma água menos poluída, inculcando nelas o respeito à vida como um todo, o resultado dessa ação será um mundo mais justo, pode acreditar, Aimoré, pode acreditar.
Eu concordava mas provocava quando podia. Ela ficou assistindo, num desses dias, até às três da madrugada, o DVD, comendo pipoca de microonda, do espetáculo de dança contemporânea Chèlbè, de Bamako. Eu li, refestelado na poltrona do quarto, um belo estudo crítico da obra do Tunga. Na véspera Ana assistiu três vezes ao DVD do Mayumana. Digo-lhe que os dois são maravilhosos.

Menino oculto

Na procissão de Nosso Senhor Jesus dos Passos vi uma bruxa escondida no meio do povo, daquelas bruxas do mal mesmo, cara chupada, eu ainda enxergava, fui em direção a ela, detalhou Baltazar.
 Vai embora daqui, bruxa, aqui tu não vais empresar ninguém! Quando ela pronunciou o meu nome vi que as coisas iam mudar para mim, mudar para sempre.
 Não vou embora, não, cego Baltazar.
Eu não entendi direito, me chamavam de negro Baltazar, agora cego Baltazar, cego por quê? Eu tinha ouvido bem? Senti os olhos se fechando, fechando, não vi mais nada. Era embruxamento dos fortes, nunca mais fui o mesmo. Ela disse que se puxasse bem pela memória ia me lembrar dela. Depois disseram que uma mulher morreu de ataque no meio da procissão, alguns conheciam, era natural da Ilha do Mel, moradora de Caiobá. Até hoje não consigo me lembrar de mulher nenhuma de Caiobá.

Foi na saída do Municipal, no Rio de Janeiro, paramos no Amarelinho, tínhamos combinado assistir à Filarmônica de Berlim, de passagem rápida pelo Brasil. Dessa vez não se falou em arte, professor. Uísque para os dois, várias doses, Giácomo falava de uma festinha no seu apartamento, três mulheres deslumbrantes, duas delas eu conhecia, uma orgia, ele com as três, contou detalhes picantes, troca de parceiros, de línguas, de secreções, a arte do corpo em estado limite, nos despedimos, táxis separados.

A imagem da orgia me acompanhou até o Leblon, as línguas de fêmea com fêmea me excitaram, o decúbito dorsal, a flexão das pernas, os beijos apaixonados nas reentrâncias, o sacana do Giácomo *voyeur*!

Nesse dia, professor Albano, marcamos um almoço na semana seguinte, que acabou sendo um almoço de silêncio. A razão do encontro era a feijoada "sirva-se quanto quiser" num amplo restaurante mineiro numa das ruazinhas atrás do Centro Cultural Banco do Brasil, no centro da cidade. A reputação do restaurante era das melhores. Giácomo ia ver a exposição *Histórias da Pré-História*, eu já tinha visitado a mostra duas vezes. Depois a gente pensava ver *O século de um brasileiro: Coleção Roberto Marinho*, no Paço, e *Encontros com o Modernismo*, no MAM.

Naquela mesa lá no fundo, Aimoré, vamos sentar lá! Seis homens estavam aboletados na mesa vizinha. Manuseavam fichas sobre a toalha. Havia discussão. As regras do jogo não estavam claras, recomeçaram do zero. Os dois mais gordos, um de camisa de mangas curtas salmão, outro de mangas compridas azul-piscina, sentados frente a frente, eram os mais sérios. Fomos nos servir. Na volta a discussão continuava, mais branda, chegavam aos poucos a um acordo, Giácomo propôs uma nova rodada.

Pô, Aimoré, uma feijoada dessa qualidade a gente não vai comer tão cedo!

A gente se levantou na mesma hora em que os dois vizinhos mais gordos também levantaram. No balcão das travessas de barro eles pareciam dois glutões. Voltamos, os quatro, juntos para as mesas. Os gordos se puseram a engolir a comida, ensandecidos, as fichas vibravam nas mãos dos outros companheiros de almoço. Os dois comedores se levantaram, novamente, ao mesmo tempo, voltaram do *buffet* com o prato cheio. O mexer dos garfos, o corte das facas, o movimento frenético dos maxilares, a cena hipnotizava.

Estranho esses dois comilões ao lado, Aimoré! Giácomo ainda não tinha percebido o jogo, expliquei.

Sério? Que loucura!, ele ainda exclamou, olhando fixo para o grupo e para o teto do restaurante, pintado em cor forte, puxando para magenta.

O prato de Giácomo esfriava, pela primeira vez eu via isso. Não falávamos, o tempo, para nós, estava congelado na tela do computador. Os jogadores se levantaram mais uma vez, de novo, mais uma vez, de novo; se levantaram ao todo dezenove vezes percorrendo o trajeto entre a mesa e o balcão com as panelas e travessas quentes.

Devoravam como bichos a comida trazida para a arena — montanhas de feijão, arroz, fartos pedaços de carne de porco, couve à mineira, farofa. As fichas se amontoavam nas mãos de um dos apostadores.

Você não vai mais comer a sua feijoada, Giácomo?, perguntei.

Não, Aimoré, não, e você?

Também não, eu ainda consegui dizer.

O de camisa azul-piscina levantou pela vigésima vez, o de camisa salmão baqueava, mas se levantou ainda assim. Esbarrou na cadeira do Giácomo. Foi até onde fumegavam as travessas, provocativas, debochadas. O de camisa azul voltou em linha reta, seus olhos iam saltar das órbitas. Agarrava-se ao prato abarrotado, a feijoada transbordava. O que vestia camisa salmão veio em ziguezague, segurava a louça com a mesma intensidade que o seu contendor, mas estava pálido, transpirava, também esbarrou no espaldar da cadeira do Giácomo. Sentou ruidosamente.

O de camisa azul já engolia a sua refeição num frenesi mais comedido. Ele olhava fixamente para a parede da frente, um quadro com praias desertas, águas cristalinas, areias aconchegantes. O de camisa salmão, subitamente, após alguém ter retirado ainda a tempo o prato cheio que se erguia à sua frente, deixou a cabeça cair sobre a mesa, dava para ver o seu olho direito revolto, o branco dos olhos imenso. O de camisa azul-piscina parou de comer, afastou a louça e reclinou a cabeça para trás. Notas de cem reais deslizaram na toalha, um recebeu em maior quantidade, o jogador vitorioso também recebeu o seu quinhão. O próprio Giácomo sugeriu vamos nessa, Aimoré?, estou enjoado! Vamos, respondi com a cabeça. Nem deu para ir às exposições de pintura. Não havia o menor clima, professor.

9

Eu já fiz o modelo do menino morto, está prontinho, aliás um, não, professor Albano, devo ter pintado, prontinho prontinho, talvez uns cinqüenta, talvez até mais, rasgo sempre depois. O menino do Portinari é que vem até mim, aqui neste quarto, exatamente ali, ó, na parte esquerda da parede, no alto, e não eu a ele, assim fica fácil pintar. O menino da Estela de Botafogo também me visita, penso nela, nele, me sinto na obrigação de levantar de madrugada e pintar em ritmo alucinado o rapazinho morrendo nos braços da executiva que conheci no centro do Rio de Janeiro e que se tornou tão próxima de mim em pensamento.
Ela me deu aquela informação trágica no final, como eu já disse, lembra? Deve estar gravado aí nesse aparelho.

Ela não queria estragar os momentos de prazer no motel mitológico de Botafogo. Foi por ela, Estela, a Ana materializada, que pintei os cinqüenta meninos do Portinari, e que rasguei depois. Alceste e Querêncio conhecem como ninguém as ilhas da Baía da Babitonga, sabem muito bem que ali vivem almas errantes, penando, sem lugar para descansar, exigem sacrifícios humanos, já dei muitas vidas para elas, professor Albano, muitas vidas. As dezenas de telas rasgadas, os adultos da viagem de Camboriú até Lajes, muitas vidas.

É, seu Aimoré, eu e o meu irmão podemos levar o senhor até as ilhas, mas não de noite, os mortos de lá exigem sacrifícios, é perigoso.
Os gêmeos, repito, sabiam muito bem o que estavam dizendo. O Aristides era o primeiro a acreditar, eu também, professor Albano, eu também.

Quando escurece, eles é que se transformam, Aimoré, um é arrais do céu, o outro do inferno, foge deles de noite!
Fugir, Aristides?
É, Aimoré, foge. Já vi, num sábado em que me atrasei, de madrugada, passando perto do atracadouro do

navio grande que leva os turistas para passeios, uma cena apavorante.

Entra aqui na minha canoa que chegou a tua hora, Aristides.

Ele falou chegou a tua hora, Aristides, com voz estranha, vinha lá do fundo das águas. Não consegui ver direito a cara dele, mas reconheci que era um dos gêmeos, me chamou pelo nome. Me ajoelhei e rezei. Senti, de repente, a mão de alguém no meu ombro. Virei o rosto, não vi ninguém, mas reconheci a voz, logo em seguida, do gêmeo que costuma ser mais caladão, a voz era inconfundível.

Vai com ele, Aristides, a tua hora chegou!

Gritei forte não, não, não. Acordei vomitando, com o sol na cara passando através do vermelho de um dos *flamboyants* da pracinha ali da beira d'água.

O Aristides me contou esse episódio dos gêmeos tentando convencê-lo a embarcar, na véspera do seu desaparecimento, professor Albano, nunca mais o vi. Com um pouco de sorte talvez ele tenha embarcado na *Divina Açoriana*, dizem que é canoa do céu. Volta e meia penso nele, ele me viu pintar vários meninos. O Aristides desapareceu, entende, professor Albano, desapareceu, e eu, como

é que ia ficar? Procurei ele dentro da minha cabeça inteira, nada. Esquadrinhei São Chico de baixo para cima e de cima para baixo, quis perguntar aos gêmeos, quem sabe estariam ali pelo porto e teriam visto Aristides? Mas alguma coisa dizia que não devia procurá-los.
Pensei no cego Baltazar, mas também uma força me impediu. No botequim do Cláudio, Aristides não reapareceu, ninguém, pelo jeito, sabia da existência dele, mas como? Um pinguço falou comigo quase duas horas sem parar. Citou seres do mar horríveis, dragões com presas pontiagudas, pássaros com bicos monumentais. Descreveu a luta da água contra o fogo, o barulho infernal, a água se esborrachando na chama vermelha, o uivo do fogo se apagando, logo os dois renascendo, retomando a luta dos deuses.
O bêbado desenhou no ar peixes com escamas cortantes que decepavam rochedos, focas que despedaçavam árvores e corais, répteis com garras monstruosas que destruíam montanhas, polvos que engoliam areais, ruídos que explodiam ilhas, luzes que cegavam sóis. Mas sobre o Aristides nada.

O quadro chegou lá em Lajes sem o menino, está o buraco branco no lugar, doutor Aimoré Seixas dos Campos Salles de Mesquita Ávila, só o buraco, a gente tem que resolver isso, e logo.

E agora? Como é o nome do senhor mesmo?

Doutor Dárdano. E agora pergunto eu, doutor Seixas!

Então eu pinto de novo outro inteiro, completo.

De jeito nenhum. Aquele está perfeito, só falta o piá, já disse. O senhor tem que viajar com a gente para lá.

Viajar por quê?

Para pintar lá mesmo.

Lá não tenho material, nada.

A gente leva, bota tudo numa mala e pronto.

Mas não tenho dinheiro para a passagem, aquela parte que o senhor me deu uma vez já gastei toda com uma mulher de Ipanema. Dei quase tudo para ela, não é minha empregada nem nada mas faz comida para mim, lava, passa, limpa a sujeira lá de casa. É uma jovem que mora com os pais e vem me ajudar durante o dia, de tarde. Estudante de belas-artes à noite. Me olha pintar, posa de modelo e de noite abre as pernas, me delicio nela. É alta, magra, negra, linda, peito grande, bunda bem daquelas lá de Angola, vinte três anos, tem um sorriso arrebatado que se supera em subsorrisos quando goza, fala e geme ao mesmo tempo.

Ela viu você pintar os piás, doutor Seixas?

Claro, até me ajudou.

E você disse para o que era?

Não, não falei nada, doutor Dárdano. Ela não sabe das transações e das vendas, e ela não viu o quadro inteiro, esse que o amigo do senhor veio buscar; aliás, agora me lembro, ele viu que faltava o menino nos braços da mãe e não disse nada.

Ele não é meu amigo, doutor Seixas, vendeu para a gente; só depois, quando abrimos o tubo preto de papelão com o quadro enrolado dentro é que vimos. Confiamos nele, ele tinha deixado tudo na rodoviária de Lajes, no guarda-volumes, o nosso informante viu ele botar o material dentro do escaninho fechado. O filho da puta teve o desplante de entregar o quadro pela metade. Passou a chave do guarda-volumes para a gente, e levou a sacola com a grana na hora. A gente sabe que ele fugiu para o Uruguai, mas vamos pegar ele. E temos que achar essa modelo que você come.

Como, sim, faço sexo com ela, discuto pintura, mas ela é minha namorada.

Como é o nome dela, doutor Seixas?

Sílvia.

Chamo sempre a Sílvia de Ana, professor Albano, me confundo, ela não liga. Uma ou duas vezes chamei ela de Estela. Da Rua das Pedras de Búzios ao motel mitológico de Botafogo, ao sol lúbrico dos Dois Irmãos, do sexo ao som da música indiana de Santa Teresa, Ana é tudo isso. Só uma vez, que me lembre, a Sílvia ficou magoada. Aniversário dela, festinha para nós dois que ela improvisou no apartamento da Dias Ferreira, balões nas paredes, bolo com velinha. Mal e mal eu girava a chave na fechadura e começou a cantoria de parabéns pra você. Ela cantava para ela mesma, coro solitário para mim, o único da platéia, achei de mau gosto. Joguei a porra do bolo no chão, a vela se apagou, já tinha feito coisa pior com a Ana. A Sílvia se abaixou, tentou reconstruir o bolo, vi lágrimas garoando sobre o chocolate desfeito.

Não faz mal, ela dizia, não faz mal, não foi nada. Não sei com quem ela falava, era com o bolo, mas bolo não fala, cacete. Ela segurou a torta despedaçada como se segurasse uma criança inerte nos braços, achei de mau gosto ainda pior. Risquei dos meus olhos aquela cena e fui pintar o menino morto do Portinari no cavalete do quarto. Pus um CD do Frejat, cantei junto. Mas o tom mais tenso entre mim e Sílvia aconteceu num café na Praça Nossa Senhora da Paz, no Rio.

Estou com você porque quero, no dia que eu não quiser, pulo fora.

Eu não esperava daquele anjo de compreensão uma frase tão violenta, professor Albano, tão violenta, violenta pela sinceridade.

Entendo, continuou Sílvia, que estamos juntos porque os dois querem, basta um não querer para que tudo se desfaça com naturalidade.

Pô, Sílvia, mas por que você está me dizendo isso agora, aqui?

Por nada, Aimoré, é que você olha demais para o seu umbigo. Eu consigo relevar esse autocentrismo, Aimoré, mas quando eu não conseguir mais ficar com você, você é que vai ter que entender.

Mas, Sílvia, continuo a não entender por que isso agora.

Não sei, Aimoré, me veio à cabeça, não sei até onde o teu egoísmo pode ir.

Egoísmo, Sílvia, é isso que você disse?

É, Aimoré, egoísmo.

Respirei fundo, professor Albano, tomei de um só gole a taça inteira de vinho, olhei para os meninos que faziam malabarismos com bolas de tênis diante dos carros parados no cruzamento. A Praça Nossa Senhora da Paz estava iluminada, gradeada, limpa, contrastava com as famílias de mendigos alinhadas no chão como cadáveres cobertos até o pescoço com um pano imundo. Eu quase ia reagir, mas me calei.

Sílvia, talvez por ter ido muito longe na análise da nossa relação, coisa que ela nunca fazia, me beijou demoradamente no ouvido. Na saída, para coroar tudo, no sinal da esquina com Vieira Souto, alguém bateu na janela do carro. Sílvia, cantalorando Lulu Santos, fez sinal que não tinha dinheiro, o cara levantou a camisa e mostrou a coronha de um revólver.

Mato os dois, tia, abre a porra do vidro!

Sílvia abriu, trêmula, atrás buzinavam. Tirei cinqüenta reais da carteira. O cara pegou dizendo por hoje está bom, riquinho filho da puta, se fosse ontem te despachava legalzinho. Na véspera os jornais tinham estampado um assassinato em situação parecida em Ipanema. O sinal abriu. Custamos, os dois, a pegar no sono naquela noite.

Endereço da Sílvia, doutor Seixas.
Não dou.
Se não der agora vai dar depois.
Ontem um chegou dizendo que quer o quadro, hoje vem o senhor, doutor Dárdano, dizendo que está com o quadro sem o menino, assim não consigo pensar direito.

Pois é, essas pessoas que vêm te incomodar não são tuas amigas, com a gente é jogo limpo, doutor Seixas, é só pintar o menino e pronto.

Mas e os outros que também querem o quadro?

Que se fodam os outros, doutor Seixas, que se fodam, entendeu? E olha para mim e não para essa porra dessa parede dessa porra desse quarto! Que merda que o senhor está vendo nesses ladrilhos? Com quem que o senhor está falando, doutor Seixas? Com quem? Olha para mim, já disse!

Eram as referências contínuas ao pai que me encucavam e me davam raiva, quase a mesma raiva que o doutor Dárdano devia estar sentindo de mim. Sei lá, professor Albano, pai para cá, pai para lá. O mar estava barulhento, os rochedos do mirante ecoavam espumas zangadas, garoava um gosto de bacalhau que chegava até nós, lá no alto.

Pára com essa porra de pai-modelo, Ana, já está enchendo o saco.

No início pronunciei a frase com calma, mas repeti várias vezes. Eu tentava desenhar o contorno das Ilhas Cagarras na escuridão estrelada vez ou outra por respingos espúmeos.

Pára com essa porra de pai-modelo, eu repetia, cada vez mais alto.

Menino oculto

A gritaria das ondas também se mostrava de mais em mais violenta e descompassada.

Uma vez uma mulher estranha me olhou fixo nos olhos, contou Baltazar. Ela queria me embruxar, tirar a minha liberdade. Foi na Dança do Caxangá, em Florianópolis. Eu tinha ido para a capital visitar o meu velho pai, morador do Morro da Caixa-d'Água. Tenho o mesmo nome dele, Baltazar. Parei na frente da mulher e cantei alto: A moda do Caxangá/ É moda da liberdade/ Os véio tão dançando/ Alembrando da mocidade/ Os véio do Caxangá/ Já não têm mais mocidade/ Mas tão festejando hoje/ A sua liberdade/ Já fomo moço escravo/ E já tomemo féli/ Mas ganhemo a liberdade/ Graças à Princesa Isabéli/ Deixemo de ser escravo/ Agora vamo dançá/ Que a nossa liberdade/ Custô muito alcançá.
Ela, a bruxa, acabou se afastando, foi em busca de outra vítima. Quebra o feitiço do mal, menino, enfrenta cara a cara as forças do mal!
Era para mim cada vez mais claro, professor, que eu não podia viver sem o Baltazar.

Um amigo do Giácomo me convidou, num domingo de quarenta graus, para um churrasco no Recreio dos Bandeirantes, lá no Rio, professor Albano. Ana Perena conhecia o bairro, não foi difícil encontrar a rua. Piscina enorme, muitos jovens, picanha à vontade. Som do Rappa. Giácomo acabou não vindo, problemas com o pai, telefonou se desculpando.

Ana usava um biquíni azul-turquesa, contrastando com sua pele, normalmente muito branca, metamorfoseada em dourada no verão. Senti os olhares cúpidos quando ela retirou o vestido preto de malha na beira da piscina. Suas pernas longas, seios fartos, bunda e ancas salientes generosamente exibidas — eu nem tinha notado antes que o biquíni era tão minúsculo — atraíram acintosamente as atenções. Entre as suas coxas, realçado pelo azul-turquesa, aparecia em relevo o sexo carnudo, polpudo, talhado ao meio. Dos alto-falantes passou a sair Adriana Calcanhoto.

Os quatro rapazes que brincavam com uma bola de vôlei na água interromperam o jogo. Ana mergulhou, logo se enturmou, de longe eu via seus lampejos esmeralda, resplandeciam, o cloro da piscina reavivava as tonalidades, um dia eu pintaria aqueles olhos.

Ana gargalhava, cercada por vários rapazes, brincadeira de derrubar uns aos outros pelas pernas. Ela caiu, sucumbiu a um dos empurrões, riu muito, satisfeita com os novos amigos, e gritou em minha direção.

Menino oculto

Vem, Aimoré, vem para a água.
Os caras me olharam, não fizeram nem que sim nem que não.
Vou depois, respondi, com um gesto curto.
Ana não esperou. Mergulhou e agarrou as pernas de um dos rapazes, que se deixou cair molemente. Demoraram um pouco demais embaixo da água, reapareceram juntinhos, nariz contra nariz, os dentes impecavelmente brancos da Ana debruavam a pele morena do seu companheiro. Às gargalhadas jogaram a cabeça para trás, como se ela fosse rolar costas abaixo, sabe-se lá o que o cara dizia de tão engraçado.
Ana, a certa hora, dirigiu-se à escada de alumínio da piscina. Emergiu como rainha das águas da Babitonga. A piscina parou. Glóbulos úmidos e ziguezagueantes escorrendo por sobre aquela pele dourada refletiam sóis, céus, águas e turvavam, tresloucados, o contorno do corpo lapidado da Ana feita imagem. Ela foi até uma mesinha, deu um gole num copo de cerveja. Era o copo do rapaz.
Ana voltou para a piscina num mergulho desenhado, tal farândola azul-turquesa em giro acobreado penetrando, impudente, faianças cerúleas. Os alto-falantes em volta dos jardins da piscina alternavam então Chico, Caetano, Gil e Paulinho da Viola. Ana nadou, por debaixo da água, em direção ao jovem, que a esperava com um largo sorriso. Ele dobrou-se aos golpes dos braços de Ana Perena.

Os dois voltaram à tona, retornaram para o fundo das águas, que merda que estavam fazendo lá embaixo?, subiram de novo, colados.
Eu me aproximei da borda da piscina. Ana, quando me viu, professor, disse vem, Aimoré, dá uma caída, a água está ótima! O rapaz me olhou sorrindo, ela me estendeu a mão. Ao invés de eu cair ela é que foi puxada por mim com violência.
	Vamos embora dessa porra!
Não sei se ouviram eu dizer dessa porra, mas devem ter notado o gesto brusco. Ana arrumou a parte de cima do biquíni. Saíra algo abruptamente da água, numa mímica desengonçada. A parte de baixo desarrumada do tecido turquesa deixava à mostra parte do púbis, a pele leitosa afagada por leves fios dourados. Ela me olhou, indagativa, quem conseguia ler aquele olhar? quem?
Nem nos despedimos dos amigos do Giácomo, apesar da insistência da Ana. No trajeto do Recreio a Santa Teresa, eu dirigindo, nem uma única palavra, professor Albano, nem uma palavra, de ninguém. Não, não, minto, uma só, na verdade, no cruzamento do sinal perto do Barra Shopping. Ana disse cuidado, Aimoré! Era um menino que ameaçava atravessar a pista. Ana Perena nunca mais tocou nesse domingo.

10

Tenho certeza, professor Albano, de que foram eles, os gêmeos, eles atraíram para a minha história as almas penadas das ilhas da Baía da Babitonga.

Vem, Sílvia, vem, chegou a tua hora, as almas dos guaranis degolados te esperam, as dos escravos estropiados atirados dos navios negreiros, as dos aventureiros do caminho do Peabiru, as dos desertores, dos degredados, dos piratas, as das putas esfaqueadas.

Mas tão cedo, por que logo eu? Uma moça com tanta coisa ainda para construir? Tenho a vida pela frente, quadros para pintar, amores para amar, sonhos para sonhar, me deixa voltar para a vida, o Aimoré me espera, meu pai me espera, minha mãe já se inquieta.

Escolhe então um arrais, Sílvia, um de nós te leva ao paraíso, o outro te fará pagar os pecados que cometeste.

Eu imagino um diálogo desse tipo para essa cena, professor Albano, é assim que deve ter se passado. Se eu estivesse lá na hora teria dado conselhos.

Não pega o que a história contada pelos homens te ensinou, Sílvia! Escreve a tua própria, reconstrói a realidade, preconceitos humanos criaram um mundo, você pode desconstruí-lo, substituir por outro, lutar por um mundo mais justo para todos, escolhe o marinheiro certo.

Mas, pela cena, pelos olhos arregalados, Sílvia optou pelo que a história inventada lhe ensinou. Ela não repousava em paz, delegou a outros o poder de decisão para reconstruir o mundo. Foram aqueles homens lá da Praça XV, no Rio, que mataram a Sílvia, só pode ser.

Ronda alla Turca, Mozart acompanhava o ritmo com a cabeça, o piano tremia.

Vai mantendo o clima, maestro Aimoré Seixas, é a melhor regência que vi até agora!

Menino oculto

De súbito, porém, Mozart se imobilizou, seu rosto empalideceu, parecia congelado, a platéia se retirou em silêncio.

Por que você acha que foram eles que mataram a Sílvia, Aimoré?

Claro, a brutalidade do assassinato, professor Albano. Sílvia com os olhos esbugalhados, como o senhor mesmo contou, sentada no chão, encostada na parede, no meio das almofadas vermelhas, cena também descrita pelo senhor. Ela sabia de tudo, e eles queriam segredo para tudo.

Mas você disse ao doutor Dárdano que ela não sabia que você tinha pintado o quadro.

Como você sabe que eu disse a ele, professor?

Porque, já te expliquei, tudo o que você disser eu sei, está na fita do gravador, fica armazenado, e gravado depois na memória do computador. E além disso você já contou esse fato em outro capítulo.

Contei o quê?

Contou que ela não sabia da transação e das vendas.

Contei para você ou para os outros que me fazem perguntas e que não gostam de mim?

Contou quando descreveu a conversa com o tal cara no bar que dá para o Paço Imperial, no Rio de Janeiro.

E você ouviu a conversa, estava numa mesa perto?

Não, Aimoré, eu não te falei dos detalhes da morte da Sílvia. E eu estava aqui, nesta cadeira, neste quarto, sempre estive aqui, estou ouvindo, gravando, e você narrou a conversa com o cara. Eu sempre estive aqui, você é que, na tua cabeça, fugiu e a gente não sabia para onde. Agora está aqui de novo.

Aqui, nesse hospital que mais parece para doidos?

É um espaço para tratamentos, você chegou machucado, só isso.

Mas o cara que registrava as conversas no gravador antes não tinha a tua cara, professor Albano, ele era mais baixo e mais moreno.

Mas era eu, sempre fui eu, você é que pode estar imaginando, às vezes, outra pessoa sentada nesta cadeira.

Está bem, está bem, professor, está bem. A Sílvia era uma mulher densa, carinhosa, meiga, um furacão na cama, literalmente. Desenhista de primeira, os filhos da puta mataram ela. Ainda na véspera da sua morte a gente caminhou de mãos dadas pela praia de Ipanema, dia quente, ela estava com um biquíni de crochê rosa, muito pequeno, o sol já atrás dos Dois Irmãos, avermelhado, e ela dizendo mil vezes sem parar te amo, te amo, te amo.

Menino oculto

Os raios oblíquos refletiam nos seus olhos negros procelosos, resvalavam no ventre moreno. Quanto afeto deixei escorrer nesse ventre nas noites de carinho ouvindo Fernanda Abreu. Afeto que ela espalhava, alisava, a barriga então pegajosa, grudenta, amarelenta. Sílvia ria nessas horas, ria de prazer.
Alguns caras naquele dia na praia se viraram, outros olharam fixamente no meio das suas pernas, acho que imaginavam com detalhes a saliência exuberante que ela sempre expunha orgulhosa para mim, que eu conhecia de cor, que eu afagava com os lábios, com a língua. Ela gostava que os caras olhassem bem para aquela proeminência forçando o crochê do biquíni. Ela provocava, era como se dissesse viu, se você não me quiser tem um monte de garotões atrás de mim. E tinha mesmo.

Mas eu gosto mesmo é de você — ela dizia —, seu pintor do céu e da terra, dos prazeres e da beleza, do gozo e da razão, pele branca, de cabelo negro anelado pelo sal do mar, liso de noite, exatamente o contrário do meu tipo físico, te amo.
Sílvia disse te amo mais umas vinte vezes. Passou a mão no meu rosto, dizia sempre coisas bonitas.
Olha, Aimoré, o sol entrando na terra, como alguém que eu conheço entra em mim com calor e com cuidado.

Eu tinha certeza que junto com as palavras da Sílvia saía do meio das suas pernas aquele líquido meio pegajoso, o fogo molhado, quis dizer isso, fogo molhado, mas achei maluquice, imagem ilógica, romance escrito por um louco de asilo como eu. Guardei a idéia só para mim mesmo. Você não fala nada, Aimoré? Sílvia ainda indagou, naquela tarde, olhando para os pés sulcando a areia da praia de Ipanema. Perguntou você não fala nada com um ar de derrota e de frustração. Eu quis dizer vamos foder agora, mas não sei por que não disse. Gostava que ela me elogiasse, e ela de elogiar. E ver a Sílvia desse jeito, assim, feita de emoção, era prazeroso, a razão ficava pequenininha nessas horas. No momento da pergunta você não fala nada ela esbugalhou os olhos, como a vi esbugalhada nas almofadas, mas não já de prazer.

A Sílvia disse mais alguma coisa para você, doutor Seixas?

Disse, doutor Dárdano, disse. Você é o homem que eu adoro, não posso viver sem você, deixa eu te lamber, chupar, me fode meu amor, o mais belo homem, o mais inteligente, o mais sensível, mete, meu amor, mete.

Não estou falando das vulgaridades e dos desejos dela e do senhor, doutor Seixas, porra!, contenha-se. Você não está falando com um dos seus colegas malucos aqui do

Menino oculto

Pinel! Eu quis saber se ela disse alguma coisa mais sobre o quadro. O que ela sabia de fato sobre o quadro?

É que a Sílvia falava, professor Albano, e eu ouvia a Ana Perena, mas como explicar isso para esse doutor Dárdano que estava me interrogando? Eu minto para esses homens que me perguntam coisas, confundo eles, deixo eles desorientados, invento locais, cenas, situações, como eu ia explicar a imagem da Ana para eles?

Vem, Aimoré, te perdôo, pelas palavras, pelos atos, vem, deita na relva, ouve os cânticos dos nossos vizinhos de Santa Teresa, festeja os prazeres juntos, os líquidos juntos, as carnes colaças.

Me desculpa, Ana, nunca mais faço o que fiz, juro, prometo!

Como eu ia explicar a ele esse diálogo e as imagens, como essa da Ana, que me invadem repentinamente, professor Albano, como? E ele continuando as suas perguntas sobre a Sílvia e sobre o quadro!

O que ela sabia sobre o quadro, doutor Seixas, o que que ela sabia, tem que repetir mil vezes?

Nessas horas não sei qual a magia que a Ana tem. Ouço trinados e assobios de pássaros, sinfonias de violinos, solos de piano, peixes-voadores à minha volta — viemos te saudar, Aimoré, viemos com a Ana!

O quadro, doutor Seixas, o que que ela sabe, e com quem que você parecia falar agora, doutor Seixas, o senhor resmungou umas palavras aí?

Na verdade vou dizer para o senhor, doutor Dárdano, ela, a Sílvia, sabia de tudo, ela sabia rigorosamente de tudo. Contei tudo para ela, claro, o senhor imagina, ela é a minha modelo, minha mulher, minha fêmea, minha amante, não só ela merecia levar todo o meu dinheiro como ela tinha o direito de saber tudo.

Até sobre a falsificação do *Menino morto*?

Do Cornélio Pena?

Não, doutor Seixas, não, não do romance, do *Menino morto*, do Portinari, o senhor sabe muito bem do que eu estou falando, chega de brincadeira, e do Cornélio Pena é *A menina morta*, não *Menino morto*, não fuja da minha pergunta sobre o quadro, doutor Seixas, o senhor pode se arrepender.

É, sei, mas me atravessou uma imagem, de repente, que vi na Casa de Rui Barbosa, na São Clemente, em

Menino oculto

Botafogo, no Rio, vi direitinho o quadro do romance *A menina morta*, do Cornélio Pena.

Essa imagem aí que o senhor diz estar vendo não tem nada a ver com a outra que quero que pinte, doutor Seixas, nada, puta que o pariu!, nada, doutor Seixas, nada, entende?

Mas podia ter. Sabe, professor Albano, o cara que me interrogava não podia entender, me lembrei do quadro, voei para a pintura, a Sílvia estava comigo na Casa de Rui Barbosa. A menina de perfil, as mãos cruzadas ao peito, a tiara de flores, rosas? camélias?, o vestido claro com estampas quase do mesmo tom, a cabeça descansando sobre uma almofada alta, com franjas, a calça comprida ultrapassando a barra do vestido mortuário.

Saí da Casa de Rui Barbosa transtornado, quis pintar a menina com vida, Sílvia notou.

Calma, Aimoré, calma, procura ficar calmo.
Depois fomos ver uma exposição no Leblon.

Você está vendo aquele traço ali no canto? Lembra um pouco o teu estilo. O pincel corre ao sabor das emoções entrecortado por *flashes* de razão, aquele outro da esquerda também, só pode sair briga de cores e formas.

Foi uma das frases dela na galeria do Leblon, na noite véspera do crime. Eu não concordei.

Meu traços não são assim, cacete. Esse aí que você está me mostrando, Sílvia, quer imitar Matthias Grünewald, lembra *Os amantes mortos*, e o outro, da esquerda, copia a técnica do Matisse, nada mais, eu não tenho nada disso, não, a minha pintura é só minha. Nas minhas cópias, que uns chamam de falsificações, tem o meu estilo, está lá dentro, é só reparar bem.

Eu não disse que você imita o Matisse nem o Grünewald, só disse para olhar bem aquele canto direito do quadro, lembra um pouco você.

E eu continuo a dizer que não lembra.

Está bem, Aimoré, não lembra.

Ela acabou concordando, com ar carinhoso, mas acho que era da boca para fora.

Lembra os meus quadros o cacete, já disse, repeti, de novo, com raiva.

Está bem, Aimoré Seixas dos Campos Salles de Mesquita Ávila, não lembra, pronto.

Eu voltei a lhe dirigir a palavra com rispidez: Você, Sílvia, quando se torna assim filhinha de papai, só porque o pai é desembargador, o único desembargador negro do Estado do Rio de Janeiro, fica desse jeito, metidinha a

sabichona, me desculpe mas dá vontade de te apagar da fita do gravador e da tela do computador.
Ela acabou se desculpando. Sempre se desculpava, carregava virtudes consigo.

Segura o teu lado animal, Aimoré Seixas dos Campos Salles de Mesquita Ávila, segura, não deixa ele se libertar, as emoções sairão assim mais puras.

Está bem, Ana, está bem, vou tentar.
Ana, claro, ela sempre me aparecia nessas horas, a Ana.

As pernas fechadas.
Era no apartamento de Santa Teresa, ao som de Charlie Brown. Só abro para o meu amor eterno, meu homem para sempre!
O esforço das minhas mãos naquelas coxas malhadas da academia de ginástica Estação do Corpo me fazia transpirar.

Não abro, porra, Aimoré — Ana ria, já disse não abro, mas me beija então que eu vejo, Aimoré, beija, agora pode, beija mais, me molha toda, seu puto.

Então abre, Ana.

Não, já disse, Aimoré, ainda não; me lambe, isso, vai subindo, no meio, aí, mais para cima, aqui — Ana, as mãos vacilantes, mostrava o lugar com o indicador —, assim, bem aí, mexe com a língua.

Ela se pôs a tremer, a se agitar, até que segredou: pode vir agora, sou sua para sempre.
E depois, numa noite, a Ana Perena sumiu nos ares, a sacana, voou embora. A nossa história não durou mais de três meses, mas é como se tivesse durado trinta anos, vale bem esse clichê, professor Albano. E o senso comum é correto, professor. A ciência, criando métodos, chega mais rápido ao senso comum, pula etapas, é só essa a diferença, professor, só essa. Agora! Senso comum e arte não casam.

Num dia complicado para mim, Ana Perena quis conversar. Eu estava cansado, a diretora da escola tinha brigado com todo mundo, os professores andavam faltando muito, os traficantes tinham enviado bilhete ordenando o fechamento do estabelecimento escolar (foi a expressão usada no bilhete) por dois dias, em represália pela morte, pela polícia, de um dos chefões do morro, o salário dos professores ainda não tinha sido pago, atrasado em dois meses, enfim, um caos.

Vamos conversar, disse Ana, sorrindo. Mas sorrindo mesmo, não dessas imagens que escritor põe em romance, sorrindo de verdade.
Conversar o quê, Ana?

Menino oculto

Pô, Aimoré, faz mais de dois meses que estamos juntos e a gente mal se conhece. Família, origem, detalhes do trabalho, planos para o futuro.
Mas eu estava gostando do jeito que as coisas estavam indo, respondi.
Ela não imaginava que eu temia justamente isso, os detalhes, para trás, os de hoje, para a frente. Logo ela, que eu tanto amava por isso, agora querendo entrar por esse caminho, merda! Ela se transformou. Perguntava coisas, fazia planos, mudou os trajes. Íamos a restaurantes, cinema, assistimos a todos os filmes brasileiros, absolutamente todos, adorávamos, teatro também vimos quase tudo — o último espetáculo foi uma Camila Pitanga deslumbrante num texto a partir de Caio Fernando Abreu — para cá e para lá no carro azul dela, um fusquinha de colecionador que Ana não vendia nem por um cacete (expressão dela mesma), vimos o dia clarear várias vezes dançando no Guapo Loco. Agora ela falava sem parar, eu é que ia ficando quieto. Ana reparou.
Você tem andado calado, Aimoré.

Já caminhei por esse mundão salgado aí, menino, quando tinha a minha vista inteira — Baltazar riscou, com o braço esquerdo, uma linha horizontal nas montanhas e nas águas da Baía da Babitonga —, um dia o

Sete-Cuias falou comigo, assim cara a cara, eu estava com o meu parceiro.

Aonde estão indo, pescadores de cor negra?

Navegamos sob a proteção de Nossa Senhora do Rosário e de São Benedito, demônio desgraçado, respondi ao diabo.

Pois o fundo do mar está esperando por vocês dois, ele revidou.

Olha nos olhos da santa, diabo desditoso!
Foi o meu companheiro de canoa, Zé Miguel, que gritou bem alto, segurando a imagem de Nossa Senhora do Rosário esculpida por ele em cedro vermelho. A água do mar se abriu e o Sete-Cuias desapareceu no marzão, a pesca no fim daquela manhã foi de respeito.

Enfrenta o mal, menino, enfrenta, como o Zé Miguel, não foge nunca, enfrenta com as armas que descansam dentro da tua cabeça.

11

Eu tive que reiterar várias vezes para a Sílvia que a minha pintura é minha e só minha, professor Albano, várias vezes. Se fosse um romance não teria narrador, mas, como é pintura, tem esses traços assim se contorcendo, falando consigo mesmo, tirando a forma a partir dos diálogos, dos conflitos de cores, de emoções contra a razão.

Espero, Aimoré, que ela, naquele dia, tenha concordado de verdade que a tua pintura não imitava nem o Matisse nem o Grünewald.

Mas eu até hoje não sei bem o que houve, professor. Sílvia, quando eu disse lembra o cacete, ficou subitamente quieta, não sei se fui muito brusco, se ela pressentia a morte no dia seguinte, ou naquela mesma noite, sufocada por um filho da puta que deve ter enfiado a ponta da almofada na boca da pobre da minha Sílvia. Aquele rosto sorridente, lindo, aquele corpo todo perfeito, moreno, aquele cabelo meio esticado meio encaracolado, aquela mulher inteira por fora e menina por dentro, aquela carinha asfixiada por um escroto qualquer, me dá nojo só de pensar.

Isso foi na volta de Santa Catarina?

Foi, acho que foi, não, a morte foi depois, ou foi antes? Já nem me lembro. O tempo parece que dá voltas, o que estava na frente passa para trás, e vice-versa, mal consigo encontrar o dia de hoje, que é o único que existe, como já disse, os outros dois, passado e futuro, turvam a racionalidade da gente. Mas eu vi a Sílvia com a cabeça encostada na parede, morta, no meio dos almofadões.

Não sei se fui eu que te contei esses detalhes dos almofadões vermelhos e dos olhos esbugalhados, Aimoré, como já te disse, mas também não sei se você próprio viu.

Então eu não vi a Sílvia morta?

É o que eu gostaria de saber.

Pois é, para você é fácil. Fica aí sentado perguntando, parece sentinela do tempo, vendo o que é hoje, o que foi ontem. O tempo não existe, pelo menos para mim, disso tenho certeza, não existe futuro, nem passado, só o presente, professor, acabei de dizer isso há pouco, já disse milhões de vezes por aí pelo sanatório afora, porra! Ninguém me acredita?

Eu também quero saber do quadro, Aimoré.

Apesar de eu estar aqui na cama é o professor Albano dos Santos Zanella sentado na cadeira que precisa das minhas informações! Desculpe a franqueza, mas é inacreditável.

De uma certa maneira, sim, fala do quadro, então.

O quadro, o quadro, sempre o quadro. Quer mesmo saber? A Sílvia e o quadro são a mesma coisa, os dois só me trouxeram problemas, apesar de eu ser louco pelos dois.

E você foi ou não foi, afinal, para Lajes, Aimoré?

Claro que fui, professor, já não te contei da viagem de Camboriú até lá?

Contou.

Então.

Mas não contou o principal, pintou ou não pintou o guri?

Que guri?

O guri do quadro.

O guri do quadro! Claro que pintei. Tinha a forma, os traços nos mínimos detalhes, as cores, tudo estava dentro da minha cabeça. Acho que, uma vez as cores misturadas, eu sou capaz de pintar de olhos fechados, como um cego. Já desenhei várias vezes como se não enxergasse, mas treinei antes umas trinta vezes. A Sílvia dizia que daí não valia, não era a mesma sensação que um cego sentia.

Você se acha capaz de reconhecer os homens que te esfaquearam?

Que homens, doutor Dárdano?

Os homens do jipe, os que mataram o empregado do fazendeiro que você diz ter sido ligado ao seu tio.

Não conheço essas pessoas assassinas que o senhor fala, e o meu tio já morreu faz muito tempo.

Pois é, esse é o problema, ninguém consegue achar fazenda nenhuma lá naquela região de Lajes que corresponda à que você descreveu, doutor Seixas.

Como não?

Como não digo eu mais uma vez!

A Ana encontrava sempre uma palavra de conforto, professor Albano, sempre, ia em busca do equilíbrio, o equilíbrio que me faltava. Nos meus acessos de cólera procurava me acalmar alisando os meus cabelos, ciciando palavras de carinho.

Não te enerva, Aimoré, só faz mal para o coração, tudo isso passa.

Lembrei, numa dessas vezes, que ela também se exaltou quando o cara ameaçou se jogar do oitavo andar, em Ipanema. Ela respondeu que também era de carne e osso, mas que tentava se controlar, e quase sempre conseguia. Ana sempre extraía não sei de que parte do seu arquivo psíquico palavras trazendo serenidade e quietação. E, não consigo entender por quê, fui fazer aquela bobagem. Acho que foi a música, o barulho de uma moto sendo consertada na garagem do vizinho, não sei.

E larga a porra da gilete!

Que gilete, Aimoré?

A gilete, caralho!

Você pode muito bem imaginar, professor, a sensação de ódio pela calhordice da expressão que gilete, Aimoré, saída daquela boca. Ora porra, a gilete que a Ana estava segurando na mão, ou ela achava que eu era louco! O deboche ao perguntar que gilete só podia aumentar a minha raiva, e, claro, a coisa não ia ficar por aí, ela logo ia entender.

E isso aqui também não é nada?
O revólver eu encostei na cara dela. A dissimulada autora do que gilete? agora estava congelada na tela, mas o espetáculo ia continuar, ainda tinha mais.

E, aliás, isso aqui acho que também não é nada!, ironizei.
O punhal reluzia na minha mão esquerda, a ponta ávida por carne. A filha da puta da Ana agora não sabia mais o que dizer. Fiquei esperando as súplicas.

Poupa a minha vida, Aimoré, ainda tenho muita causa justa para defender, carinhos para dividir, amores para espalhar, te amo.
Mas nada, não vinha nada da Ana, só um grande silêncio. Aquele vazio, apenas o som de fritura na fita do gravador, aquele traço reto de eletrocardiograma de morto na tela do computador, aquilo tudo ia me arrebentando. Fui para o banheiro, tranquei a porta com chave, ouvi pela janela uma melodia, um assobio de música para turistas, era aquela conhecida — foi assim, a lâmpada apagou — ou — olha que coisa mais linda, mais cheia de graça —, tentei reproduzir trechos de música contemporânea, não consegui, seria o rádio dos vizinhos? Temi que o cafetão da loira da Atlântica estivesse armado à minha procura lá embaixo.

Menino oculto

O som das turbinas do Santos Dumont me explodia a cabeça, onde eu estava? Alguém, na casa ao lado, trocava a estação do rádio, oh, ah, uh, oh, ah, parou num *hiphop*, Ja Rule, a dor de cabeça não me largava.
Acordei ao lado da Ana que ressonava, de bruços, nua, as formas arredondadas excitavam, insolentes. Ana tinha os olhos fechados, não sei se percebia o meu olhar. Ela se mexeu ligeiramente na cama, um suspiro de prazer acompanhou o movimento. Fendas se ofereciam, despudoradas, ansiosas, que se saciaram logo em seguida, quentes, devoradoras, sequiosas, silenciosas. Imploravam, recuavam, avançavam, provocavam, o ritmo crescia, me trancavam dentro, me libertavam, os movimentos estupefacientes do corpo todo de Ana rangiam a cama, o quarto, o prédio, o meu universo. Fluidos espessos brotaram do meu corpo com ímpeto e inundaram becos, cavidades e reentrâncias da fêmea adormecida. Ana pronunciava palavras de carinho, baixinho, algumas eu não entendia. Ana Perena me perdoava?

Uma mulher casada de São Chico andava arrastando asa para o Aristides. A mulher se chamava Marie Virginie, descendente de franceses do falanstério do Saí. Foi alguns dias antes de o Aristides desaparecer, professor.

Ela tem o mesmo nome da esposa que traiu o marido com um comandante de navio daqueles socialistas que vieram da França para São Francisco do Sul no século XIX fundar uma colônia societária no Saí — explicou Aristides —, o amante matou o marido a tiros. Ela me disse que vai repetir o que a sua antepassada fez. O sobrenome de solteira dela é Fourier, como o do teórico lá da França, amor é amor, quando aparece é como a peste dos anjos.
Aristides fez essa comparação, mas estava se pelando de medo.

Ontem a Marie Virginie marcou comigo na Rua Marechal Floriano com Comandante Cabo, em frente ao casarão dos Gorressen, prosseguiu Aristides. Quem me falou do lugar foi o menino filho do jardineiro dela, que cruzou discretamente comigo no bar do Cláudio. O menino disse que ia levar uma carta. Sei que você, Aimoré Seixas, está pensando que lembra romance do século passado. É que ela disse que os telefones, inclusive o celular, estão grampeados pelo marido. O moleque me entregou a carta na hora estipulada, no casarão, ela quer que a gente se encontre lá no matinho que fica atrás da gruta do cego Baltazar. O marido costuma deixar ela ir se consultar com o negro.

Menino oculto

À minha pergunta — você vai?, o apaixonado Aristides respondeu, cheio de brios, escandindo o seu refrão: a-mor, quando aparece, é como a peste dos anjos.

Ele foi ao encontro na sexta-feira, alguém viu ele perto do casarão por aquelas horas e depois entrando num barco. Estive com o Aristides pela última vez na quinta. Como se declama às vezes na novela *Esmeralda* na televisão lá da sala: terá ecoado nos rochedos do cego Baltazar a pólvora da traição?

Não consegui usar o computador da sala para escrever esse episódio com o Aristides (os filhos da puta não deixam ter computador no quarto). Estou tentando comprar um *laptop* vendido por um contrabandista que tem uma loja aqui perto do Plaza Shopping. A gente sai de fininho do Pinel, diz que vai para o bar da universidade, atravessa a rua em frente e pronto. Com dois mil reais dá para comprar um legal. Estou tentando levantar os dois mil, já consegui uma boa parte. Nem vou dizer como consigo o dinheiro, melhor não saber. A única coisa que posso adiantar é que tem a ver com sexo. Pensando bem, vou dizer, sim: a gente sai, de noite, vai aqui perto, num cantinho escuro. Vêm sempre umas mulheres, já meio coroas, bem-vestidas, de carro importado Sabem que aqui não tem Aids. Conhecem a gente do banho de sol no instituto. São pessoas que, de alguma maneira, têm ligação com o hospital. Ou têm familiares, ou trabalham na Saúde, na Procuradoria, enfim, gente bem de vida. Começam conversando sobre o tratamento, a saúde em geral, os avanços da psiquiatria e por aí vai. A maioria prefere sexo oral. Pedem para dar uma chupada dentro do carro mesmo, mamam igual bezerro e deixam cinqüentinha. Algumas querem ser penetradas com violência, tem uma que exige que eu chame ela de puta rampeira, só então ela goza. A que vem num Mercedes branco enorme só quer anal. Ela me leva lá no campinho de futebol, perto do muro colado ao Canecão, a única exigência dessa é a camisinha, o resto pode tudo.

Uma já mais velha traz a filha num carrão preto, a filha tem lá os seus vinte e poucos anos. Ela diz que a garota é ninfomaníaca. Então sai do carro e eu fico lá com a moça, ao som do Roberto Carlos, até ela ficar exausta. Só aí, segundo a mãe, a filha tem uma semana normal, senão é capaz de atacar os homens na rua. Sem os encontros comigo no carro ela não se concentra em nada, não faz nada, não trabalha nem estuda. O segredo é que às vezes a mãe vem sozinha. O carro preto se transforma. A mulher põe a música *La barca* umas trinta vezes, reclina o banco, levanta a saia e exige uma virilidade cavalar que não sacia. A filha tem de quem puxar. Essa mulher tem uma particularidade que me faz perdoá-la: gosta de arte. Me deu uma gravura do Diô Viana, que o filho da puta do vigia do hospital acabou me roubando. Mas a maioria das mulheres que vêm aqui, como disse, prefere mesmo oral, muitas sem camisinha. Pedem para ejacular nas coxas delas, na mão, no vestido de luxo, nos peitos. Uma ou outra na boca.

Não é um pouco fantasia tua, Aimoré? As informações que a gente tem são de que o hospital funciona de maneira muito organizada e é seguro.

É dos homens, menino Aimoré, é dos homens, é deles que a gente deve ter medo, contra caveira de gente não tem breve nem oração que dê jeito.
O cego Baltazar me disse isso no nosso terceiro encontro.
De caveira, menino Aimoré, de caveira.
Ele insistia em me chamar de menino. Apertou nesse dia o meu braço e repetiu, convulso, perto do meu ouvido — de caveira, de caveira.
Só um ser do mar, menino, pode salvar a gente das maldades dos homens, esse ser que dificilmente aparece, e que a gente reza para aparecer. Na noite passada senti os ossos da mão de um pescador engolido pelo oceano no meu ombro, me pedia ajuda. Eu não podia fazer

nada, ele foi esfaqueado, numa briga num barco em alto-mar, em estado de pecado, difícil encontrar salvação. Só o ser divino que vem das águas salgadas da Babitonga pode salvar. Eu tive que dizer a verdade para o pescador descarnado. Ouvi o som dos ossos entrando nas águas da baía, o pobre homem foi em busca da rainha do mar. Rezei por ele, que encontre a graça. Se eu não usasse o meu breve com sal, alho, mastruz e a cruz de Cristo aqueles ossos no meu ombro teriam me esganado, menino, teriam me esganado.

12

A fazenda está lá, doutor Dárdano, tem que estar, pois se eu fui até lá e tudo, eu e o cara que tomou chope comigo no bar perto do Paço Imperial, no Rio de Janeiro, me lembro que, naquela noite no Rio, cantamos juntos, ele e eu, uma música inteira do Skank. Tinha dado geada em Lajes na noite anterior. Fiquei alojado num quarto dos fundos, quarto com lareira. Pintei o menino morto na primeira noite, o espaço branco já estava feito, foi praticamente só preencher, como um jogo de criança. O guri ali mortinho da silva nos braços da mãe desesperada. Os homens da fazenda, quando viram, de manhã, gostaram.

Os homens?

É, de manhã tinha uns quatro ou cinco caras, quase não falavam, só olhavam e faziam que sim com a cabeça. Um deles me disse que ia me dar oito mil reais de lambuja, nosso contrato acabava ali. Os participantes do Big Brother, na tv, foram as testemunhas.
Achei bom os oito mil, a Sílvia ia gostar. Fiquei encarregado de dirigir o carro até um local que seria especificado pelo sujeito que tinha me recebido na casa da fazenda. Não, acho que era aquele do chope à noite no Paço Imperial, não, era o tropeiro, aquele que deu informação na estrada, é, era aquele, me lembro do bigode com uma falha grande num dos lados.

E quem levou o quadro que estava no banco de trás? Não tenta enganar a gente, doutor Seixas, já avisei.
Isso não sei, mas eles me machucaram muito, disso eu me lembro.

Um dia tentei Guerra Peixe, Mignone, Nepomuceno, procurei por minha cabeça inteira, não apareciam, eu não conseguia mais reger, fui entrando em pânico.

Machucaram com o quê?
Não vi, mas me lembro do barulhinho em mim. Lembrava o açougueiro perto da minha casa quando ele corta carne com um cutelo, quando tira a gordura do

lagarto redondo que sempre compro ali. Faz aquele barulhinho como se estivesse escrevendo centenas de esses no ar. O som só é interrompido pelos erres dos pigarros do açougueiro. Ele parece sempre gripado. Um desses esses é que senti entrar na barriga várias vezes, não podia me mexer, estava preso no cinto de segurança, só me dei conta depois.

Mas nós vimos, doutor Seixas. Era uma dessas facas finas, fina de tanto ter sido amolada, das usadas para escamar peixe, ela entrou na barriga do senhor umas cinco vezes.

A *Cena instável*, de Pollock, dominou o almoço na Majórica. Filezão, faca afiada, fritas, chope, imagens mágicas dos índios americanos na areia, pintura chinesa, surrealismo, afluentes que foram formar o expressionismo abstrato de Pollock. A Majórica tocava Legião Urbana.
Gostosa, olha, Aimoré, que gostosa, aquela de minissaia rosa sentada perto da mãe com a criança nos braços, quando senta, senta na calcinha, não tem jeito, ao levantar, fica uma marquinha de tesão na cadeira, ela está sozinha?

Não sei, Giácomo, não sei, vai lá, pergunta para ela. Gargalhada de Giácomo.

Vou lá uma figa, uma gata dessas tem macho, pode ter certeza.

À minha observação — essas tuas análises alimentam o comportamento machista da gente —, Giácomo respondeu *bullshit*. *Bullshit*, repetiu, olhando para o lado. Volta ao misticismo do Extremo Oriente, dessa vez lembrado por mim.

Claro, Aimoré, você tem toda razão, o zen-budismo está ali por trás de tudo.

Faca de escamar peixe de rio?

Que diferença faz, doutor Seixas?

Faz porque lá na serra, naquele frio, dá mais cascudo, jundiá, traíra, tilápia, tem muito nas lagoas. A faca que eles usam para limpar esses peixes não tem nada a ver com a que o pessoal aqui das praias usa, eu estou perto de uma praia, não estou?, sinto cheiro de mar.

Está, é a maresia que vem da Baía de Guanabara. Tenta lembrar de mais detalhes, pode ser gente daqui mesmo que subiu a serra catarinense atrás do quadro, tenta lembrar da cara dos homens, doutor Seixas.

Eram dois homens e duas mulheres, agora me veio a imagem.

Menino oculto

Eles eram como?

Um parecia o Arnaldo, ele não é bem primo, mas é como se fosse. O Arnaldo descobriu uns parentes comuns em Portugal a partir de umas conversas que começamos a ter em Camboriú, assim, do nada. A conversa foi saindo, ele perguntando coisas, eu estava vindo do Rio, descemos em Navegantes, dormimos em Camboriú, era a segunda vez que estava fazendo esse trajeto.

Segunda vez?

É, doutor Dárdano, fui pelo menos duas vezes a Lajes. A primeira pintar um quadro do Iberê, depois daquela vez já pintei mais uns dez, mas eles não sabem. Passei, depois, uma noite lá pintando o do Portinari. Deram oito mil por tudo, já falei, lembro até das palavras de um dos caras.

Toma a porra dos oito, quatro para gastar na farra com as putas de Copacabana e os outros quatro para nunca esquecer de calar a boca sobre esse nosso negócio de quadros falsos. Foi a frase que ele disse, me lembro, era o mesmo do bar da Praça XV, no Paço Imperial.

Então você esteve mais de uma vez naquela casa em Lajes?

Estive.

E esse primo Arnaldo, doutor Seixas?

Não conheço bem ele, só nos vimos naquela noite em Camboriú, num restaurante meio vazio na Avenida Central, perto de uma *sex shop*. Passaram umas moças de calça apertada, cintura baixa, os pêlos quase aparecendo, dava para imaginar que eram oxigenados como as penugens da barriga, dos braços, o Arnaldo riu e comentou alguma coisa sem importância.

Também gosta dessas coisas, hein, seu puto? Não nega que devemos ser mesmo da mesma família lá em Portugal!
Ele era moreno claro, rosto fino, bigode ralinho, um cavanhaque também ralo, estava de bermuda e chinelo.

Você não disse que era inverno, que estava friozinho?

Acho que, na verdade, vi o Arnaldo duas vezes, agora que o senhor está dizendo. Uma vez fazia muito calor, na outra soprava um vento que entrava por dentro do casaco, com uma garoa fina. Daquela vez nem fomos olhar a praia. Foi na primeira que molhamos os pés no mar, quando fui pintar o quadro do Iberê, do Iberê, não, meu, é que eu me transformo quando pinto, incorporo o espírito do outro.

Por favor, doutor Aimoré Seixas, não faz essa cara de quem vai começar a contar histórias. Olha bem nos meus olhos, chega de palhaçada, doutor Aimoré Seixas, chega!

Numa sexta-feira à noite, professor Albano, fui com Ana Perena numa festa de conhecidos de amigos dela no Jardim Botânico.

Pô, Aimoré, na verdade não conheço ninguém aqui. Mas então como é que a gente veio parar aqui, Ana?

Sei lá, Aimoré, a cocaína está rolando direto, é melhor a gente pular fora, o fumacê é daquela maconha que acaba de chegar no Brasil dos países do Oriente, haxixe. Bebemos, os dois, a noite inteira ao ritmo dos Titãs, Kid Abelha e Cidade Negra. Às vezes entravam Ricky Martin e Gipsy Kings, a galera delirava com a *latinidad* reaça a mil. Acabamos nos beijando no banheiro, lembrava épocas passadas, os espelhos do banheiro nos desvelavam por todos os ângulos. Ana literalmente me violou. A sua ansiedade quadruplicada pelos espelhos me revigorou, ela pedia silêncio com o indicador sobre os lábios. Apoiada sobre a pia, quase sentada, levantou a perna esquerda e aconchegou, suave, a mão direita entre as pernas. O algodão bege rendado afastou-se. Com dois dedos ela abria-se em lábios rosa. O caleidoscópio das entranhas espelhadas da fêmea sequiosa me estonteava. Ana escancarava cada vez mais com o indicador e o médio dobras tumefeitas, sabe-se lá por que pedia para ser penetrada em inglês, o Marcão de Londres? — *please, please, please, fuck me*. Eu me via nas reduplicações dos espelhos e não podia deixar de pensar no Essomeric do quadro que eu tinha pintado.

Alguém bateu na porta do banheiro. Ana continuava a implorar em inglês, baixinho. Recuei ligeiramente, ela me trouxe de volta. Parte do meu corpo se confundiu com o dela. Ana foi descendo, se penetrando devagar, empalada, devorando, invadida. Ela subiu um pouco, desceu, subiu, sempre lentamente, repetia o movimento, repetia, me olhava com olhar assustado, fora de si, ela apressou o vaivém, lambia os lábios, continuava me olhando como se não me visse. Subitamente enfiou com furor a língua inteira na minha boca. Senti uma pontada na altura dos rins, fechamos os olhos na mesma hora. Permanecemos abraçados por um bom tempo. Bateram de novo na porta, saímos do banheiro suados, extenuados, a garota que batera com insistência nos fixou com ar severo. Olhou o relógio. Ficaram marcas amareladas e viscosas sobre o mármore branco do chão. Ana falou, já na sala, lânguida.

Pensei que tivesse conseguido nesses quase três meses ler os teus pensamentos, Aimoré. Mesmo nos teus momentos de raiva sei que você me queria, me amava, tudo parecia maravilhoso, te comparava com imagens de pintores, transava com todas as partes do teu corpo, como agora no banheiro.

Até com os meus lábios? (É claro que eu não ia deixar passar essa oportunidade, professor Albano.)

Os teus lábios são deliciosos, Aimoré, deliciosos. Mas uma coisa eu me dou conta de que não consigo imaginar com símbolos, por uma razão muito simples, porque não conheço: a tua cabeça.

Ipanema, definitivamente, não era o forte do Giácomo. Ele reclamou do restaurante, quis ir para o Via Farme mesmo, desceu a porrada nos imitadores de plantão da arte brasileira. Giácomo falou dos brasileiros que gostava, Gerchman, Serpa, Darcílio Lima, Bandeira, Iberê, Mercier, Brennand, De Lamonica, Fayga, Milhazes, Áquila, deixou um monte de gente de fora, Scliar, Augusto Rodrigues, Milton Dacosta, Cícero Dias, tinha esquecido. Cada um que eu citava ele concordava, eu mesmo esquecia. Gomide, claro, Aimoré, o Gomide, a Tarsila, o Di Cavalcanti.
Acho que ganhei. Em Ipanema eu me sentia melhor — Rubens Valentim, Djanira, o Heitor dos Prazeres, Giaconetti, Leonilson, e Tornil.

Porra, Aimoré, tu tá foda hoje.

Às vezes Giácomo insistia em imitar o falar dos carregadores de revistas e jornais do seu pai, achava que ficava mais carioca — tu tá foda hoje. Ele repetiu tu tá foda hoje umas cinco vezes. Já em casa, de noite, diante da tela do computador, conversei, no MSN, com milhões de jovens garotas que, se entendi bem, me adoram, querem casar comigo, trepar comigo, conhecer o meu romance.

O Nardo veio falar comigo há pouco, menino, hoje cedo, o sol mal e mal aparecia — Baltazar arrastava a língua. Ele salvou São Chico em outros tempos, menino. Esses matos, essas praias, essas ruas, esse céu, essas águas, isso tudo viu o vômito negro ensopar as casas, as mesas, as roupas. O povo morria afogado no veneno vomitado, a peste só temia a nossa raça. Cercava a gente, vinha devagarinho, tentava lamber o negrinho franzino, se escondia, procurava agarrar o pai coveiro do cemitério, a mãe de leite, a cozinheira, a varredora, tentava carregar para os seus infernos a vó negra entrevada. Mas a rainha dos mares da nossa Babitonga e Nosso Senhor dos Passos nunca deixaram levar a nossa raça. O Nardo transportava comida para os adoentados, curava os que ainda tinham um soprinho de vida.
A peste vinha em cima dele, Nardo enfrentava, os doentes vomitavam escuro, Nardo limpava, a peste atacava o

negro pelas costas, Nardo se virava, se preparava para o combate.

Os médicos da França — São Chico quase só tinha médico da França — não entendiam. Um deles levou uma baforada da febre empesteada, vomitou as tripas e foi para o fundo da terra, o Nardo segurou a cabeça dele até o fim dizendo reage, doutor Philippe, reage, não deixa o demônio entrar, reza para a rainha do mar e para o Senhor dos Passos, mas era tarde. O dono da farmácia, um alemão forte, mandou chamar o Nardo com urgência. Quando o Nardo entrou na loja, o farmacêutico, a mulher e o filho estavam boiando no vômito negro atrás do balcão dos remédios, não deu tempo para salvar o alemão, a esposa e o filho.

Mas Nardo conseguiu salvar mais de quarenta famílias, virou santo para nós. Antônio Nardo nem podia andar pelas ruas de São Chico. Todos queriam a ajuda dele. A febre amarela voltou alguns anos depois, o negro Antônio Nardo continuou mais forte que os doutores, até hoje ele protege a gente. Ele tem a proteção da rainha das águas da Baía da Babitonga, menino, ela ajuda quem vem aqui me ver. De vez em quando ela sai da água bem ali assim na ponta das pedras, uma luz ilumina ela por cima, os cabelos são do comprimento do corpo, ontem mesmo ela me apareceu, vi a rainha com os meus olhos cegos.

13

Então era verão quando o senhor pintou o quadro do Portinari, doutor Aimoré Seixas?

Do Portinari, não: meu, doutor Orestes, meu.

É, está bem, seu.

É, era verão.

Mas então como é que o capim estava gelado lá na serra?

Tenho certeza que quando pintei o menino morto era inverno, me lembro do fogo na lareira.

O senhor não terá ido mais de duas vezes à tal fazenda?

É, acho que pintei o menino morto em duas vezes, fiz ele em duas vezes, no inverno e no verão.

O senhor fugiu da primeira vez, doutor Aimoré Seixas, foi apenas isso.

Fugi?

É, fugiu. Faltava fazer o garoto morto nos braços da mãe e o senhor desapareceu, só isso, foram encontrar o Aimoré Seixas dos Campos Salles de Mesquita Ávila no Rio de Janeiro. Alguém deve ter ido te buscar em Lajes, enganou nós todos. Vendemos o quadro assim mesmo, os atravessadores que compraram não viram nada, não deu tempo. Pegaram a grana numa sacola do Supermercado Angeloni, de Itajaí, no estacionamento do aeroporto de Navegantes. Deixamos a tela num tubo cheio de fita adesiva, corremos para a sala de espera do aeroporto e logo depois estávamos em São Paulo.

Se o quadro foi vendido assim mesmo, então está tudo bem.

Não, não está nada bem. Quero aquele quadro de volta, o senhor tem que preencher o vazio, o menino tem que aparecer. Temos certeza de que ninguém ousou pintar o diabo do menino, estaria falsificando o quadro que Aimoré Seixas dos Campos Salles de Mesquita Ávila pintou, e pintor de primeira como o senhor não tem. O senhor tem alguma idéia de onde o quadro sem o menino possa estar?

Menino oculto

Eu não disse para eles, professor Albano, que já tinha pintado, era outra turma, um bando rival, e fui enganando os bobos. Invento uma história para cada um dos grupos, enrolo eles bonitinho, crio fatos inverossímeis e eles caem na lorota, e eles me achando louco, esquizofrênico. Depois ouço Marina Lima no disc-man e me esbaldo. A lógica e o tempo são inventados, por isso eu construo a minha lógica e o meu tempo.

Acho que ele está em Camboriú, doutor Orestes. Num daqueles dias, já não me lembro qual, fiquei tomando cuba-libre num bar da avenida que acompanha o mar, acho que o bar se chama Chaplin, tem um trabalho na parede que lembra José Damasceno e o cara passou bem pertinho de mim.

Que cara?

O cara que tinha me recebido uma vez em Navegantes e que foi comigo no carro até Lajes, me disse que o aeroporto de Lajes estava em obras, por isso me fizeram descer em Navegantes.

Num sono pesado que me possuiu, logo depois do almoço, sonhei com o Aristides, professor Albano. Parece que coisa boa não foi, era pesadelo. Aristides lutava como um touro. Batia, esfolava, furava. Recebeu duas estocadas profundas. Três homens contra ele. Também!, porra, para que convidar a anitagaribaldinha para uma foda dentro da casa dela. Porra! Ela tinha macho, marido, pai. A peixeira afiada entrou no ombro, no braço, na gordura do quadril, Aristides era homem de sorte, e reagiu com valentia.

O punhal serrano sangrou de morte o primeiro, o bicho embarcou para o inferno. Outro conheceu o calor agudo do aço entre as costelas, o terceiro nem teve tempo de assuntar, emborcou para sempre com a nuca furada. Aristides se jogou sobre a menina.

Anitinha gostosa, abre essa porra dessas coxas!

Acordei nessa hora, com raiva do Aristides, não é certo o que ele fez, não é, professor?

Não, Aimoré, não é certo.

Do que será capaz o Aristides, professor?

Como era o nome do tal cara que te recebeu em Navegantes, doutor Aimoré Seixas?

Francisco.

E como foi lembrar assim, de repente?

Não sei, doutor Orestes, é que uma coisa vai puxando a outra, as imagens vão desfilando na minha cabeça e vou me lembrando. Vi alguém chamar ele baixinho Francisco, para mim ele disse que se chamava Ronaldo.

Enquanto eu enganava os homens ia pensando na Ana, professor.
Vem, Ana, vem, segura em mim. Vê como a fabulação, a imaginação, a arte vencem a brutalidade, a dor e a lógica dos outros. Baltazar tem razão. Vem, assobia comigo Stravinsky, Mozart, Brahms, Chopin, toca piano com eles, comigo, toca, meu amor, toca, isso, assim, me dá a tua boca, a tua língua, o teu ar, toca Beethoven.

E de que mais você se lembra além desse Francisco, doutor Aimoré Seixas?
Em Camboriú tinha uma mulher no apartamento, e, no entanto, Francisco tinha insistido em dizer que não havia ninguém. Não sei se ela entrou depois pela porta de serviço, o que eu sei é que subitamente tocou o telefone celular na área de serviço, tocou duas vezes e parou, era a música do Beethoven, ele chamou: Dulce. A mulher apareceu com o celular na mão e a bolsa aberta. Acho que o aparelho estava no fundo da bolsa, ela não tinha conseguido achar logo, eles conversaram um pouco na cozinha e ela desapareceu.

Como ela era?

Cabelos negros, bem lisos, pele sépia, tipo cantora de guarânia do Paraguai, tem muitas ali na região de Camboriú, gênero *Recuerdos de Ipacaray*.

Ela tinha sotaque estrangeiro?

Tinha, um pouco.

Então é a vadia da Leila, não é coisa nenhuma de paraguaia, ela é bem carioca, de São Cristóvão. Tem esse cacoete de imitar sotaque espanholado para enganar otários. Ela é amiga da Sílvia.

Que Sílvia, doutor Orestes?

A Sílvia tua amiga, a Leila estava junto quando mataram ela no apartamento do senhor.

A Sílvia foi mesmo assassinada por esses caras do quadro?

Claro, doutor Aimoré Sanches. A Sílvia era da quadrilha, quis passar a perna nesse sujeito aí que te recebeu em Navegantes e se fodeu.

O senhor vê, professor Albano, até a Sílvia; custa a acreditar, mas o doutor Orestes falava com sinceridade, dava para ver.

Numa noite, professor, acabamos, Ana e eu, em discussão. Discussão amigável, mas tensa. Ouvíamos Vanessa da Mata no aparelho de som xodó da Ana, caríssimo, dizia ela. Chovia muito. Ana Perena propôs que acabássemos a conversa no mirante do Leblon. Eu me opus. Queria me ver sendo entrevistado pelo Jô, que ia ao ar naquela noite.

Porra, com essa chuva, Ana? Vamos aqui no Largo das Neves, a gente toma uma cerveja.
Quero ir no mirante. Na época que te conheci, em Búzios, eu morava num apartamento no Vidigal e ia com freqüência meditar por ali, deu sorte, te conheci, vamos lá de novo.

Fomos. Ela voltou a meditar, a olhar para a escuridão, estávamos encharcados, de chuva, de mar, de angústia.

Sabe, Aimoré — Ana falava olhando para a escuridão —, pensei na tristeza estampada nos personagens dos pôsteres da nossa sala de Santa Teresa. Não quero mais isso, nem para mim, nem para você, nem para o Brasil. Chega de privação, puta merda! Os quadros deram o seu recado. A arte, só pelo simples fato de agitar a estética vigente, já mexe nos pés que seguram o que chamam por aí de realidade. Os nossos pôsteres deram o seu recado. Porra, a gente tem que se indignar e não aceitar tudo como se fosse verdade, o real é uma construção. É uma frase lugar-comum, sei, que todo mundo diz, mas parece que para essa gente a ficha ainda não caiu. Acho que vi meu pai tenuamente iluminado andando sobre as ondas desse mar escuro, Aimoré, por ali assim, daquele lado. O exemplo de vida dele e o meu, que queria que fosse nosso, tem que ficar por escrito. Faz isso na pintura, Aimoré Seixas dos Campos Salles de Mesquita Ávila, faz isso.

Como você sabe que eu sei pintar?

Você me disse, mas eu sempre soube, antes de você me dizer. Pinta o bem, Aimoré. Acho que os teus quadros devem ser arte mesmo, não um show espetaculoso, como um exibicionista que abre a capa de chuva e mostra orgulhoso o pau duro, exibição que amolece se o encontro amoroso for pra valer. Pinta o bem.

Pensei comigo mesmo, professor, o que será que é o bem? Dei alguns passos para trás, olhei o morro do Vidigal estrelado, me virei e não vi mais Ana Perena.

Baltazar não me saía da cabeça. Voltei ao altar da Babitonga no dia seguinte. Os cabelos brancos e eriçados do cego pareciam contrastar ainda mais que na véspera com a pele negra.

Menino oculto

Muitos vêm me consultar, menino, não se acanhe, mas tem que conseguir ler também o que não aparece nas palavras.
Ele falava num ritmo acompanhando o quebrar das ondas, marcava o silêncio, quando a onda arrebentava voltava à frase. O compasso era rigorosamente obedecido. Ele alternava a direção do rosto, ora para mim, ora para o mar, se mantinha sério, comovido, parecia carregar um peso dentro de si, mas, era voz geral, quem o consultasse saía sossegado.

Dona Amélia, a síndica do Leblon, apareceu para mim hoje, sabe lá Deus por quê, professor. Eu estava na minha casa, no Rio.

Sonhei com os dois gêmeos que decoram as paredes do apartamento do senhor, seu Aimoré.
Ela queria ver os gêmeos.

Um se chama Querêncio, o outro Alceste, dona Amélia, eu expliquei — eles existiram mesmo, dona Amélia.
A síndica se alisava já despida, queria os gêmeos. Ela insistia.

O quadro dos gêmeos que o senhor pintou é maravilhoso, seu Aimoré.

Ao mesmo tempo em que quase implorava Alceste e Querêncio, dona Amélia foi me segurando, se deitou sobre mim, arrancou as minhas roupas, me beijava, emitia suspiros e gemidos ao ritmo das ondas do Leblon. Não parava. Com o rosto transtornado de lascívia, se masturbava em delírio. Ela quis inverter a posição do corpo. O alto das suas coxas roçava o meu rosto. Pouco a pouco seus lábios foram subindo — procurando saliências, dedos das minhas mãos estendidas, pontas, bastões, membros finalmente encontrados. Lábios enfurecidos, inchados, loquazes. A Banda de Ipanema, acompanhada por alguns músicos da Mangueira, ensaiava na Dias Ferreira.
O batuque ritmado começou devagar, samba de avenida, baixinho, a percussão vinha lá do fundo.
Repeniques em surdina, bumbos abafados, a cuíca ia e vinha, melosa, estilhaços de vidros coloridos me embaçavam os olhos, cores de avenida.
Dona Amélia friccionava com os lábios grossos, acompanhava a cuíca, eu sentia o seu coração e o bico dos seus seios sobre a minha barriga. Sentia partes secretas do seu corpo me roçando o rosto, cheiro de avenida. Eu não podia me mover, a cabeça atenazada por suas coxas. Dona Amélia interrompia às vezes o sugar cadenciado, falava baixinho, eu ouvia os nomes Querêncio e Alceste, ela voltava os lábios cada vez mais grossos para múscu-

los duros, retesados, irrigados, desabrochados. A escola atritava a cuíca, dona Amélia interrompia de novo os movimentos, represava desejos inexoráveis. Voltava a acariciar com a mão, em movimentos verticais, membro tresloucado.
Seus gemidos foram se amiudando. Ela se retorcia; se contraía.
Dobras untuosas e felpas umectadas tocaram de leve os meus lábios, discretas, em súplica úmida. Senti na boca o tangenciar de um perfume denso e vivo, acerbo e doce. Nossas bocas e línguas corriam a compasso, lábios em ninfas já então colados com força.
De súbito batidas espessas e viscosas de tambores sugados invadiram com luxúria beiços ansiosos. A síndica lambia, engolia, pedia mais, as percussões foram se espaçando, devagar, devagar, até que dona Amélia, saciada, deixou cair o corpo amolecido sobre mim, a cabeça recostada nas minhas coxas ainda trêmulas.

A batuta estendida como um menino morto nas mãos de sua mãe não sensibilizaram Guarnieri, professor Albano, não sensibilizaram Guarnieri. A platéia silenciou, chorei, as lágrimas desciam, voluptuosas, pelo meu rosto. Tentava estancá-las com as mãos, a batuta se encharcava, minhas roupas se encharcavam, o chão se encharcava.

Aconteceu numa das ilhas da entrada da Baía da Babitonga, sonho ou visão?

Quanto é para ir até lá, Alceste?

Lá não vou, seu Aimoré, o senhor me desculpa, naquela ilha eu não vou.

Não vai por quê, Alceste?

Porque quem vai lá de lá não sai, seu Aimoré, nunca mais.

O mestre Pixoxó acabou me levando por alguns reais a mais. A ilha era a mais surpreendente das dezenas semeadas nas águas verde-claras da Baía da Babitonga. Lá de cima do mirante de São Chico dava para vislumbrar a posição estratégica de guardiã das águas, um ponto verde-escuro feito com pincel fino, como uma única grande árvore saída das águas.

Vou deixar o senhor na ponta das pedras, seu Aimoré, não gosto de me aproximar muito.

Mestre Pixoxó me deixou num molhe natural, de madeira petrificada, cercado por areais muito brancos escondidos sob a ramagem de galhos frondosos que se entranhavam na Babitonga.

Menino oculto

Vem, maestro, vem, tome assento, a ilha é sua!, ouvi. A música de Beethoven estremeceu a terra, agitou a copa das árvores da ilha, encrespou as águas da baía. A silhueta da canoa bordada de mestre Pixoxó já se embaçava, desejo doido de voltar para aquele barco, tarde demais. Seres desengonçados e descarnados circunvagavam, eu era o centro das evoluções. Imagens conhecidas de compositores e maestros rinchavelhavam, o movimento da batuta negava um final feliz. As palavras de Alceste retiniram — quem vai lá de lá não sai. Invoquei o cego Baltazar.

Me ajuda, cego Baltazar!
Angústia de qualquer tipo é só consultar o cego Baltazar lá no outro lado da baía — foi o que o velho pescador me disse.
E Baltazar apareceu, caminhando pesado por sobre a areia fina.

Em estado de pecado não há o que fazer, menino, quem veio até aqui daqui não sai.
Estado de pecado, que estado de pecado? O que que eu fiz?, pensei.

Só o ser das águas, menino, só o ser das águas salva, eu não posso fazer nada, tens que encontrar a rainha das águas da Baía da Babitonga.

14

No almoço no Via Farme, um som meio *rap*, meio *pop* ao fundo, Diams, já na sobremesa — na minha frente almoçava um senhor vestindo um terno violeta berrante, esquisito —, tirei da pasta o menino morto que acabava de pintar. Só o menino, flutuando. Onde estariam os grossos dedos das mãos da mãe ficou o espaço em branco, como um recorte com tesoura.

Porra, Aimoré, você é que pintou?

Fui.

Porra, a cor é exatamente a mesma, a expressão, não sabia que você fazia réplicas.

Pois é, agora sabe.

Giácomo fez várias perguntas. Continuou mostrando

perplexidade, duvidava, fez caras e bocas, contraía os músculos do rosto, deixava escapar interjeições, virou a tela de cabeça para baixo, a cabeça esquelética do menino sentia o cheiro da caldeirada de frutos do mar, os ossos dos pés alçaram vôo ao teto alaranjado do restaurante.

Põe ele direito, Giácomo, pedi.

Ponho, ele respondeu, lento.

E sabe o que aconteceu desde esse dia? Giácomo nunca mais encontrou tempo para almoçar comigo e discutir pintura e mulheres. Ele nunca podia, estava sempre cheio de coisas para fazer. Sumiu do mapa. Um dia chegou a concordar que nos encontrássemos no Lisboeta, perto da Praça da República, no Rio, eu sabia que ele gostava da dobradinha de lá. Esperei duas horas comendo bolinho de bacalhau, o puto não apareceu. Outra vez ainda tentei o árabe do Saara, que a gente freqüentava.

Sabe, Aimoré, é que a minha vida mudou, estou namorando firme, tentando tomar jeito, me respondeu um dia pelo telefone.

Pô, mas nem conversar almoçando você pode?

Foi o último telefonema. Deixei mil recados depois. Ou ele não estava ou não podia.

Mas Giácomo deixou um legado, professor Albano: consegui, aqui dentro da minha cabeça, reencontrar os meus seis quadros, já pintei todos eles aí nessa parede de ladrilhos brancos mais de dez vezes. Assim vou me reencontrando, entrando nos eixos, refazendo a minha vida, vendo quem eu sou, como é a minha arte, qual o meu papel no mundo, e vou reencontrar Ana Perena. Espero poder pintar o nosso filho, sorrindo nos seus braços estendidos, numa terra de fartura. Espero colaborar, com a minha arte, para a construção de um mundo melhor. Para mim é importante que a gente se conheça por dentro, de verdade, e não só os loucos e os esquizofrênicos se conheçam, que todo mundo possa se ver por dentro, assim como eu me vejo por dentro diante de um espelho.

Guerra Peixe gesticulava muito com um homem sentado na poltrona da frente, um homem chupado, de rosto macilento, de olhos sempre fechados, muito branco, cabelos intensamente negros, escorridos. Pelo movimento dos lábios o homem de cara chupada repetia o mesmo refrão: Ó matumba, ô querenga, orunganda/ Orunganda, ó matumba, ô querenga/ Ô querenga, ó matumba, orunganda.
A batuta em oferenda nas palmas das minhas mãos não provocava reação.

Onde é que eu estou afinal, professor Albano? Não sei por que estou contando tudo isso, estou com medo.

Se eu pudesse ao menos ver, só ver, mesmo em fotografia, uma escultura da Elke Hering, acho que já diminuiria a minha aflição, estou sentindo uma coisa ruim no peito.

Aqui, você sabe muito bem, você não precisa ter medo, é só me contar o que quiser. Vou tentar encontrar um catálogo com fotos da Elke, pode ficar tranqüilo e sem angústia. E a enfermeira já vem com os remédios.

Desculpe, professor, é que nunca tinha visto professor de universidade negro.

Não?

Não.

Pois agora está vendo.

O senhor é daqui mesmo, professor Albano?

Sou, daqui mesmo, quer dizer, mais lá para as bandas de Santo Antônio de Lisboa.

Parente do Cruz e Sousa?

E você é parente de Camões?

Não quis ofender, é que gosto muito do "Emparedado", do poeta da ilha.

Tive um sonho longo e esquisito, professor Albano. Quando vi o Alceste e o Querêncio acompanhados por aqueles índios, coisa boa não era. Às vezes parecia sonho mesmo, outras não. Senti perfídia e perversidade

naqueles sons guturais, naqueles olhares ameaçadores de gente que já morreu.
Eu estava no outro lado da baía, no Saí, lugar de magia. Perto dali passa o caminho de Peabiru, o picadão que levava ao ouro do Peru e da Bolívia. Aleixo Garcia, partindo da Ilha de Santa Catarina, encontrou os incas antes dos espanhóis. Içá-Mirim, transportado na marra para a França, não podia gostar do que fizeram com a sua nação. O Brasil se fez com o sangue dos índios e dos negros. Ali, então, na beira do porto de maior calado natural do continente americano, antes desse aterro filho da puta do Canal do Linguado, ao abrigo de ventos e marés, ao lado dos primeiros degraus escarpados da Serra do Mar, crianças, padres, soldados, freiras, cães, porcos, vacas, cavalos, canhões, escravos negros e índios partiam para Assunção e dali para os altiplanos. Ouro. Era perto desse caminho do Peabiru que eu estava.
Querêncio foi o primeiro a se manifestar. Gritou palavras em guarani, cortou o pescoço de dois meninos enfeitiçados e apavorados diante do espetáculo da troca de mortos e vivos — as cabeças das crianças rolaram, os sacrifícios humanos se impunham.
Alceste ria. O Essomeric francês, o benditoso carijó, seria vingado, tinha de ser de novo o Içá-Mirim. Algo forte, impossível de se identificar, se interpôs. Alceste

entrou em ação. Com um tacape gigantesco arrebentava a cabeça dos que se aventurassem por perto, um, dois, vinte, cem, assim foram os golpes.

A noite do Saí conheceu a seiva do inferno. O sangue espirrou nos troncos das árvores, nas folhas gordurosas das plantas mais baixas. Eu nunca tinha visto aquilo. De repente os dois gêmeos me olharam, cessaram todos os movimentos, e disseram: vai, meu príncipe, agarra o caminho do Peabiru, ele é teu, a gente te protege nesse flanco, a retaguarda está sob a proteção do grande Içá-Mirim. Vai, meu chefe, vai Aimoré Seixas dos Campos Salles de Mesquita Ávila, chefe dos altiplanos, das minas de ouro e de prata, do leopardo pintado e do gato negro, a gente te cobre, nosso rei. Tu, dono de virtudes, que podes escrever a nossa história, mereces alcançar a riqueza e o poder.

Abençoei-os.

Deo gratias, meus servos — serem meus servos, essa era a paga que lhes cabia.

Os dois gêmeos voaram sobre as árvores, o tacape na mão, limpavam o mato, repetiam vai, nosso mestre, o ouro e o gozo perpétuo te esperam. Aristides me acordou aos berros, transido.

Aimoré, Aimoré! Os barcos dos gêmeos naufragaram hoje de manhãzinha, alguns marinheiros viram! Uma

força puxou eles para baixo, uns falam em dragão, outros em sereias bretãs, outros falam do Içá-Mirim descontente com a miséria do seu povo.
Eu fechava os olhos e via Alceste e Querêncio pavimentando o caminho de Peabiru para o seu mestre. Aristides já tinha morrido havia muito tempo. A impressão inicial de perfídia e perversidade não era comigo.

Como afinal você foi parar naquele jipe, Aimoré?
Não sei bem. Aristides e Estela apareceram subitamente na fazenda. Para mim foi uma surpresa daquelas. Um tinha desaparecido, pensei que estivesse morto, a outra imaginei que tivesse sido uma aventura, nunca mais ia encontrar com ela de novo. Agora os dois ali, decididos, estranhamente decididos. Não me olhavam, como se não me conhecessem. Acho que não me viam, só falavam em negócios, dólares, euros, viagens.

A gente manda eles levarem até o lugar perto do paredão de pedra, alguém vem buscar, levam direto para Floripa pela Serra do Rastro, o capataz sabe o lugar.
Junto com os dois havia uma mulher que servia de empregada. Dizia que na Ilha do Mel, onde nasceu, ou em Caiobá, onde morou a vida toda, não fazia esse frio.

O quadro é uma maravilha — explicava uma outra moça, sempre de costas para mim —, os dois gêmeos são um primor. Alguém tem que ir ao Rio de Janeiro tirá-los da parede, vão acabar sendo roubados, seria para a gente um prejuízo incalculável. Aquela pintura vai logo valer uma fortuna.

Agora não dá tempo, Aristides retrucou.

Mas tem que dar, ela insistiu.

E por que você não incumbe o Francisco de entrar no apartamento do louco do Aimoré no Leblon e tirar a porra do quadro? Francisco não é agora o teu marido, vocês não estão morando juntos?

Estamos — respondeu a mulher para Aristides —, mas ele já fez a sua parte. Recebeu o nosso homem em Navegantes e foi com ele de carro até Lajes. Ele praticamente presenciou os atos assassinos no trajeto do litoral à serra, até um menino acabou esfaqueado, não é fácil saber de tudo aquilo e ficar calado dirigindo o carro como se nada tivesse acontecido. Repito: alguém tem que ir ao Rio de Janeiro retirar com urgência o quadro do Alceste e do Querêncio.

Então vou mandar o bigodudo que se finge de tropeiro, disse um homem da sala ao lado. O pigarro o incomodava, o açougueiro do Leblon? Ele pega amanhã o avião e tira os quadros do, como é que você disse?

Menino oculto

Querêncio e Alceste, ela respondeu.
Senti que adocicou a fala quando pronunciou o nome dos dois gêmeos da Baía da Babitonga; daí, então, percebi: era a filha da puta da síndica, a dona Amélia, como ela tinha ido aterrissar ali, meu Deus? Ela não parava de falar.

E ele, o nosso pintor preferido, que achava que estava fazendo a gente de bobo, dando informações fantasiosas nas entrevistas! Mal se dava conta ele de que ele mesmo é que era enganado; se atrapalhou com as próprias pernas, intercalando no seu depoimento histórias do amigo Giácomo, do cego Baltazar, da Ana Perena, deu detalhes desnecessários com a Sílvia, tudo para enganar a gente.

Não é bem para enganar — respondeu o homem com pigarro que se escondia na sala —, a cabeça dele é que funciona assim, cheia de digressões, é próprio dos loucos, dos esquizofrênicos, para eles o tempo não existe como para nós.

O filho da puta do homem com pigarro dizia que eu era louco! E eles eram o quê? Dona Amélia não parava de falar.

Francisco disse que para uns o Aimoré dizia não, não pintei o menino; para outros, pintei, sim. Deu uma localização falsa da fazenda, se achava o máximo enganando a gente, um louco daquele, doido varrido, internado em manicômio e se achando gênio.

O capataz foi dirigindo a Cherokee, professor Albano. No meio do caminho perguntou se eu não podia dirigir, tinha gota, o pé, dizia, começou a doer. Trocamos de lugar, peguei o volante.

Passei horas berrando, procurando. Fui até o quiosque do mirante do Leblon, pedi ajuda, a vendedora veio até as pedras, garoava, ela voltou para o quiosque, telefonou do celular, a ambulância do corpo de bombeiros chegou logo.
    Como foi?, o oficial do corpo de bombeiros perguntou.
    Não sei, não vi, é como se ela tivesse voado.
O bombeiro me olhou, compenetrado.
    Voado?
Acabei sendo conduzido à delegacia do Leblon.
    Disseram que ela provavelmente escorregou nas pedras, é comum, fica tranqüilo, se for isso o corpo aparece, disse a faxineira da delegacia, apoiada na vassoura de cipó.
    Porra, Ana não morreu, cacete!, gritei.
Procurei mais tarde o Marcão, que foi solidário. Ajudou a procurar parentes, Ana tinha poucos amigos, familiares estariam em Pernambuco, mas onde em Pernambuco? Marcão também não conhecia ninguém da sua família.

Menino oculto

Na ONG, a maior parte estrangeiros, sabiam muito pouco, melhor, nada. No Vidigal, no prédio que ela tinha vagamente especificado onde morou por um ano ninguém sabia nada, porra! Ana era uma aparição, diabos? Não, as coisas dela estavam direitinho lá em Santa Teresa, confirmei, tudo no lugar.
Foi um vazio tão grande e um fim tão doido que me pergunto se não se trata de uma invenção minha, uma história de louco. Me lembro que, na hora em que recuei e dei alguns passos em direção ao Morro do Vidigal, Ana tinha aberto os braços e olhava para as Ilhas Cagarras. Repetiu várias vezes que seu pai caminhava sobre as ondas, ela foi se juntar a ele?
Mas ela pode um dia reaparecer. É essa ausência construída e mantida por mim que entendo como amor, estou errado, professor? Repintei a imagem dela, vivo com ela, consigo retocar os seus defeitos, acertar um traço torto, alegrar a paisagem com uma pincelada viva, apagar o ruim com um traço opaco, azular o céu como melhor convier aos desejos da Ana Perena.
Passei, mais tarde, a ver Ana Perena em todas as pessoas. Numa manhã de sol — eu ia assistir ao chorinho da Rua General Glicério, no Rio —, vi, caminhando calmamente pela Rua das Laranjeiras, um senhor com a cara dela, só podia ser seu pai. Tomei coragem, fiz uma pergunta

anódina, o Cosme Velho é para cá ou para lá?, para cima, ele respondeu. Tinha o olhar duro, autoritário, um sorriso sarcástico. Nosso encontro deve ter durado meio minuto, seus olhos, no entanto, não me saíam da cabeça.

— Você não sabe fazer nada, Aimoré, é um indolente, por isso vai ficar aí em pé de castigo.

Mas, pai, olha o carrinho de fósforo que eu fabriquei.

Está é uma merda, Aimoré, isso sim, uma merda, joga essa porra fora, você não dá para coisa nenhuma. Não sei se, caso tivesse sido mesmo o pai da Ana Perena, ele falaria com ela desse jeito que eu imaginei ele como pai falando comigo. Também vi uma mulher idêntica à Ana, só mais velha, correndo, com roupa de ginástica, no Aterro do Flamengo, também no Rio, num entardecer. Corri atrás dela da sede da Manchete, por ali, até a Rui Barbosa, mas cansei e a perdi de vista. Hoje mesmo vi uma moça igual à Ana Perena, acho até que era ela de fato. Estava dentro de um ônibus que passou devagar na Rua Voluntários da Pátria, eu estava saindo do cinema Estação, acabava de rever *Casablanca* pela trigésima vez na vida. Ainda estava mexido por dentro por causa do filme, fiz sinal para o ônibus parar, mas não deu tempo. De noite fiquei ouvindo Los Hermanos e vendo *replay* dos jogos das Olimpíadas de Atenas na televisão da sala do hospital. Algumas atletas são a cara da Ana

Menino oculto

Perena. Depois trocaram de canal, estava passando *A escrava Isaura.* Logo em seguida foi o noticiário. Dessa vez não falaram em mim.

Foi um velho pescador que me deu conselho: angústia de qualquer tipo é só consultar o cego Baltazar lá no outro lado da baía, no Rochedo de Santo Antão. Se quiser conhecer o nosso sacerdote, pega uma das canoas dos gêmeos e logo estará lá.

Os rochedos ficavam na ponta de uma praia, isolados. Um dos gêmeos que me levou de canoa conhecia de cor o lugar. Era uma gruta, uns chamavam de ninho, a maioria de altar. Na areia, cinco ou seis grandes pedras lisas amontoadas formavam uma caverna, lá o cego vivia. Sua cama era num ponto ligeiramente mais elevado dentro da gruta, ali ele sonhava e curava, comentava-se em São Francisco do Sul. Os gêmeos levavam diariamente fiéis ao altar do Cego Baltazar.

    Nome.
    Aimoré.
    Inteiro.
    Aimoré Seixas dos Campos Salles de Mesquita Ávila.
    Não tenha medo, te aproxima, menino.

Tremi quando ele examinou o meu rosto, detalhe por detalhe, as mãos calosas cheirando a peixe, seus olhos sempre fechados, pacíficos.

A gente, agora que se conheceu, não vai se largar nunca mais, menino, nunca mais, ele ainda disse, o rosto voltado para o sol. Eu vou dizer daqui para a frente, menino, qual vai ser o teu papel no mundo. Pode ir agora, vai sob a proteção da rainha das águas da Babitonga e de Nosso Senhor dos Passos, vai.

Foram dois quadros, Aimoré, você pintou dois quadros, e em todos dois deixou de pintar o menino morto, por quê? E só acabou pintando depois de muita luta. Mas o quadro saiu defeituoso, o menino está discretamente sorrindo nos braços da mãe, os ladrões, quando perceberam, devem ter ficado furiosos. O que vai fazer agora, Aimoré?

Não sei bem, professor Albano, não sei bem. A pintura morreu, todo mundo diz isso. Fazer o quê! Uns ainda pintam. Mas quem é o Iberê hoje? É ainda possível ser como ele? E eu, que falsifico o que dizem que morreu, sou o quê? Dou vida ao morto? Faço um morto vivo? De maneira que não sei bem o que vou fazer, professor Albano. Penso voltar para São Francisco do Sul, para uma das ilhas da Baía da Babitonga, lá Ana me espera. Você tanto quis, Ana, agora me guia, escreve, dirige a minha voz, a minha tecla, a minha caneta. Guia para a arte, dá voz a quem não tem, olhos a quem não vê. Grita para o mundo o teu gozo, a tua música, o teu sexo, os teus lábios, as tuas esperanças, o teu destemor. Mostra o teu respeito, a tua lógica, a tua justiça, a tua tolerância, o teu desprendimento, te mostra por inteiro, Ana. Eu te ajudo daqui com os meus garranchos, com as minhas histórias, com as flores do garapuvu, com o canto dos meus pássaros. Os gêmeos nos protegem, vamos voar, Ana, vem, ouve a música, voa comigo, Ana, voa. Sei que é você, Ana, vem, me toca, não me deixa afundar no precipício com vermes. Errei de tanto te querer, me agarra e me levanta, cacete, para sempre. Querem me matar, me esfaquear, usar a minha pintura para o mal, só quero, com ela, inverter o real, dizer aos quatro ventos que a vida é a gente que faz, como faço os meus quadros e o meu texto. Porra, diz para eles!

Querem enriquecer com a minha arte, eu faço o menino morto, quantos quiserem, tudo bem, mas quero você para mim, para sempre. Alisa os meus cabelos, diz que não estou errado, porra. Quero voar com você, Ana.

Já te sinto, borboleta desabrida. Sinto o ar me refrescando o rosto, me leva, teus cabelos me turvam a visão, é nos seus vãos que sonho, desvia das montanhas, das árvores, voa, querida, voa para sempre, sou teu, agarrado às tuas asas, me leva, Ana, me leva.

15

Pois é, professor Albano, eu não sabia onde estava, tudo girava, passado e presente se confundiam, lugares onde passei a infância se misturavam com espaços de hoje. Em certas horas, naquela noite no jipe, acho que eu perdia a consciência, acordava, subitamente, e me via escrevendo num papel pardo apoiado no centro do volante, a caneta esferográfica estava no bolso da camisa, me lembro que tirava e botava ela de volta, sempre tive esse costume. Se publicar o meu romance de vida na livraria virtual, quero que o texto que escrevi com a caneta esferográfica dentro do jipe, no papel que embrulhava o quadro do Portinari, seja o primeiro capítulo.

Tudo me parece ainda muito estranho, contando assim, com o gravador ligado, soa ainda mais esquisito. Foi a luz interna do carro que trouxe a realidade, a luz de vez em quando tremia, vi os faróis do jipe acesos, me perguntei a razão, notei que eu estava escrevendo, eu me sentia duas pessoas. Como a minha sintaxe de Portugal ou do Brasil.

Imagino que seja assim que os sonâmbulos e os escritores agem nessas horas. Mas os *flashes* de épocas reluziam. Esse passado, próximo ou distante, voltava através de textos já lidos, eles eram agora o meu presente.

Quando olhei bem a luzinha interna piscando mais uma vez, como se fosse se apagar, vi claramente o Paulo Honório, do romance *São Bernardo*, de Graciliano Ramos, diante da vela que se extinguia, falando com ele mesmo sobre atoleiros, meio louco, daí esse trecho que vocês me mostraram, "julgo que delirei e sonhei com atoleiros, rios cheios e uma figura de lobisomem. Lá fora há uma treva dos diabos, um grande silêncio".

A luz me fez lembrar a loira da Avenida Atlântica, do Rio de Janeiro, morrendo sob o clarão hesitante do poste da rua. Uma figura de lobisomem parece que encostou, de repente, a cara no vidro do jipe. Tinha lido o *São Bernardo* numa das férias de julho passadas na fazenda em Santa Catarina, os campos estavam gelados, tudo

branco, e naquelas leituras sentia o calor do Nordeste. Sempre li muitos romances, desde a minha adolescência, acho que até demais, a família brigava comigo, a cara toda hora enfiada num livro! Mas não me lembro mesmo de ter escrito frases de romances no papel pardo, se não fosse você me mostrar eu nunca teria notado.
Ainda naquela noite, olhei bem a natureza, o capim pesado pela crosta de gelo, senti um certo alívio, a natureza, ingênua, mãe, não ia permitir que alguém me fizesse mal. Deve ter sido nesse momento que acabei escrevendo as frases do José de Alencar. Só depois é que alguém também me fez notar. Vi, de fato, que aquelas frases eram exatamente as mesmas do capítulo verme e flor, do *Guarani*, uma pessoa que veio aqui antes de você me mostrou o trecho do livro "Olhei no relógio. Eram onze horas da noite. O silêncio reinava na casa e seus arredores, tudo estava tranqüilo e sereno. Algumas estrelas brilhavam no céu; os sopros escassos da viração sussurravam na folhagem". Eu agora seria incapaz de repetir aquelas palavras. É estranho como a memória guarda coisas que a gente nem se lembra que sabe.
O período do Guimarães Rosa de que você fala "Melhor, se arrepare: pois, num chão, e com igual formato de ramos e folhas, não dá a mandioca mansa que se come comum, e a mandioca-brava, que mata?" foi um pouco

diferente. Tive como um estalo, numa hora, senti que aquelas frases tinham vindo automaticamente, mas fiz com que elas fossem pronunciadas pelo capataz, embora não me lembrasse que elas eram do *Grande sertão: veredas*. Agora, a frase dos bichos e da natureza, da Clarice Lispector, "Penso em bichos invadindo o carro. Animais que me aproximam de Deus. Parece-me que sinto os bichos uma das coisas ainda mais próximas de Deus, material que não inventou a si mesmo, coisa ainda quente do próprio nascimento", me veio no momento em que uma lebre, daquelas que tem muito na serra, umas lebres grandes, cruzou na frente do jipe. Alguns segundos depois passou outra com um longo salto iluminado. Eu tinha lido a Clarice, principalmente li e reli *Laços de família*, já adulto. Devorei o livro pela primeira vez num domingo sentado num banco do Parque da Gávea, no Rio, aonde tinha ido passear com a Ana Perena. Vimos esquilos que se moviam pelas árvores e, às vezes, se aventuravam na grama, correndo com movimentos elétricos. Não sei se a associação foi essa, mas a verdade é que a lebre acesa pelos faróis do jipe lembrava um esquilo brilhando no sol forte do verão carioca.

Não que eu quisesse escrever as frases assim, tal qual, isso não, mas saíram iguais, como algumas das tuas assistentes já me mostraram ontem de tarde. Em compen-

sação, a passagem do Machado de Assis "O destino, como todos os dramaturgos, não anuncia as peripécias nem o desfecho" vem com certeza das muitas leituras compulsivas dos livros dele. Li *Dom Casmurro* e *Memórias póstumas de Brás Cubas*, por exemplo, dezenas e dezenas de vezes, me acontece de repetir parágrafos inteiros do Machado quando fico nervoso, como um jorro impossível de estancar. Mas a frase aí de trás eu nem sei bem em que livro está. Um dia, dando aula de literatura — aliás, eu sou um dos últimos professores do Brasil; daqui para a frente o professor vai ser apenas um orientador, não vai mais ser um detentor de conhecimento acumulado e produtor de saber; o aluno, graças à Internet, vai chegar sabendo tanto quanto o mestre —, mas, como eu dizia, um dia dando aula no colégio lá na Baixada Fluminense, no Rio de Janeiro, me dei conta, no meio da aula, de que o que eu estava dizendo, havia mais de meia hora, eram páginas inteiras de *Dom Casmurro*, que sei de cor, os alunos perceberam. Naquela noite, no jipe, deve ter acontecido coisa parecida, só pode ser.
O único trecho que escrevi no pedaço de papel pardo com consciência foi o do João Cabral de Melo Neto: "Nessa viagem que eu fazia, sem saber, desde o Sertão, meu próprio enterro eu seguia." A imagem do quadro não me largava, a pintura me transportava para a ima-

gem dos retirantes. E era por causa do sertão que eu estava ali apunhalado. Pensei que *Morte e vida severina*, leitura que tanto bem sempre me fez, podia me salvar. Se eu morresse ia morrer recitando os versos do Cabral, mergulhado naquela natureza árida. Com a minha morte, solidária com os retirantes, minha vida e o meu ato digno de bandido ao querer vender um quadro, querer ganhar dinheiro assim — eu tinha às vezes uma sensação de culpa, Portinari era eu? —, estariam, de uma certa maneira, perdoados. E eu seria outro morto em oferenda aos deuses e aos penados da Baía da Babitonga.

Mas essa troca de personalidade, essa confusão temporal e espacial que atormenta a minha cabeça, não sei como se dá. Os médicos daqui e de Floripa, o diretor do hospital, você mesmo, juram que fui achado lá dentro do carro quase morto de sangue e de frio, alguém me transportou para Florianópolis.

Como você próprio afirma, o papel pardo está guardado na universidade, me disseram que você foi o único que me entrevistou. Jurava que outras pessoas me fizeram perguntas, aqui e em outros hospitais. Às vezes pensava estar sendo entrevistado num hospício em Floripa, outras num asilo em Lajes, muitas vezes aqui mesmo neste quarto no Rio. Às vezes eu me vejo me entrevistando a mim mesmo na televisão lá da sala no *Jornal Nacional*, eu pergunto e

eu mesmo respondo. Nós somos todos assim, desse jeito, a gente briga com a gente mesmo. O meu professor em Lisboa me disse que no Brasil a briga interna é pior, é a força do Barroco que persiste. Cristo é um ser divino mas teve uma existência terrena, a guerra aqui dentro no peito é o céu contra a terra, o espírito contra a carne. O professor de Lisboa explica de maneira mais bonita, falava de teocentrismo trazido pela Contra-Reforma em luta contra o antropocentrismo do humanismo racionalista do Renascimento. Eu sei lá, não entendo direito dessas coisas. Na noite passada, por acaso, trocando os canais da TV, acabei me vendo diante de uma orquestra enorme, no canal Futura, tinha o Tony Belotto. Era a Filarmônica de Berlim, eu o regente. Acho que fui bem, pelo menos a cara dos meus colegas, no sofá ao lado, era de aprovação, ainda que alguns reclamaram porque queriam ver o programa do Ratinho.
Naquela noite do jipe ensangüentado alguém da casa da fazenda deve ter traído seus próprios parceiros, roubou o quadro do banco de trás do jipe para botar a culpa no bando rival. Vai ver que a dona Amélia e a Estela foram assassinadas, reconheci as palavras do Aristides na hora das facadas em mim e no capataz — mata essa jaguarada. Se foi capaz de fazer isso comigo, também deve ter feito coisa parecida com a Estela e com a dona Amélia. Fui

acostumado a pintar com muita rapidez, pinto desde muito pequeno. Posso fazer um quadro, desses complicados, em duas, três horas. Quando eu estava lá em Lajes, fiz um trato com a Sílvia. Ela se hospedava na cidade, alugava um carro e à noite vinha, às escondidas, até a fazenda. Entrava pela janela, pegava os quadros que eu já tinha pintado, os homens é que davam a tinta importada, nós nunca teríamos dinheiro para isso, são caríssimas. E além disso, aqueles caras pagavam pelo meu trabalho. Ganhamos, Sílvia e eu, uma boa grana com os vários Portinari. Um eu não consegui acabar, ela quis levar assim mesmo, sem o menino, disse que depois eu pintava em outro lugar, mas com que tinta? E veja, professor, a merda que deu. O único quadro que pintei completo, e que considero perfeito, é aquele da Gávea, no Rio. Quando penso nele penso no perfume do corpo da Marina. Os outros quadros do Portinari foram enrolação minha, de propósito. Tinham sempre um defeitinho. Consegui levantar um bom dinheiro do doutor Dárdano e do doutor Orestes. O tio da Marina é esperto, pensa criar uma confusão no mercado de arte, está só esperando. Vai dizer que o *Menino morto* do Museu de São Paulo é um falso. Insiste que herdou o quadro verdadeiro de um parente fazendeiro do Sul, já falecido. O tio da Marina forjou a documentação através de uma empresa de advocacia de Boston, nos Estados Unidos.

Menino oculto

A notícia boa, e que deixei para o final de propósito, foi o *e-mail* de Ana Perena que chegou ontem. Ela me encontrou (e não foi só em pensamento, não), se salvou do mar do Leblon naquela noite. Disse que me procurou pelo Brasil inteiro, andou pelos lugares que eu alguma vez tinha citado, conseguiu me localizar via Internet, criou uma comunidade no Orkut, checou nome por nome, uma busca impressionante. Ela está no Rio, faz parte do corpo de ballet do Municipal do Rio de Janeiro e ensaia num casarão na Glória, que pertencia ao pintor catarinense Vitor Meireles, usado agora pela companhia Deborah Colker, para quem ela também dança. Ana acabou me descobrindo num desses diretórios de hospital. Vou pintar um quadro para ela via Internet. Nós dois com o rosto colado, e uma outra Ana Perena, ao fundo, emergindo das águas da Baía da Babitonga; o cabelo escorrendo até os pés, um facho de luz incidindo sobre sua cabeça, como um ser esperado há muito tempo. Vou acrescentar, ainda, um holofote no céu com o fio pendurado, a tomada de luz fixada na escadaria de um prédio antigo.
Penso também escrever um romance sobre a nossa história, que vou dedicar a Kandinsky, a Duchamp e a Andy Warhol. Dentro de quinze dias vamos nos encontrar em São Paulo, que fica mais ou menos no meio do caminho entre Florianópolis e Rio de Janeiro. Ela escreveu que

conseguiu reaver a câmera digital que alguém roubou do porta-luvas do jipe onde fui esfaqueado, disse que tem várias fotos dentro. Ela vai passar as fotos da fazenda do Sul. Com a casa, os homens, os quadros, tudo. Está tendo problemas com o cabo da Internet mas espera mandar as fotos muito em breve, talvez amanhã. Vai dar para esclarecer muita coisa. Vai enviar também um novo disc-man, com novos CDs. Os que ouço no meu velho disc-man botei todos, ou quase todos, no meu depoimento aí no gravador. São meus colegas daqui do hospital que me emprestam os CDs, mas quero conhecer novas músicas para poder citar no próximo romance, que pretendo escrever com a Ana Perena. Só consigo escrever, gravar ou pintar ouvindo ou pensando em música, só assim encontro as cores. Debussy e Monet também andam juntos. Os amarelos e os vermelhos de Goya e De Falla idem, Giácomo disse.

Vi com nitidez, há pouco, ali naquela janela, o menino do Portinari sorrindo, parecia contente, relembra muito o sorriso indecifrável esboçado pelo cego Baltazar após destruir os seres monstruosos que o atacavam.

Acho que vi na televisão, ontem, um dos ladrões da minha história. Estavam na Noruega. Roubaram dois quadros do Munch — *O grito* e *Madonna* —, assim, em plena luz do dia. A televisão conseguiu mostrar tudo.

Menino oculto

Depois a TV mostrou espetáculo com a música de Stockhausen e de Xenakis
O médico, esse que entrou aí há pouco e trocou o frasco de soro, disse que o que há de mais comum aqui nesse hospital são pacientes com perda de memória ou troca de personalidade. A enfermeira morena que estava aí quando o senhor chegou — ela é enfermeira-chefe, foi protagonista de uma cena que me deixa excitado só de pensar. Uma colega sua de trabalho, novinha, estagiária, loirinha, entrou no quarto quando ela arrumava os comprimidos que me obrigam a tomar toda manhã. Eu fingi que estava dormindo, o dia ainda nem tinha clareado, o quarto estava meio escuro, as quatro reproduções do De Chirico, do Mabe, do Bruno Giorgi e do Ceschiatti que decoram a parede estavam tingidas de trevas.
A novata foi agarrada pela morena que, com o indicador cruzando a boca, pedia silêncio. A jovem estava petrificada. Não permitia que fosse acariciada pelas mãos gordas e insistentes da enfermeira-chefe. Com as duas mãos a loira empurrava para baixo, em silêncio, o braço da colega, que teimava em se insinuar entre suas pernas. A aprendiz foi pouco a pouco cedendo, amolecendo. Logo beijava com sofreguidão a enfermeira-chefe. As línguas se tocavam com ternura; a jovem segurava com força os cabelos da amante e deixava que dedos more-

nos penetrassem seu corpo. Ela levantou um dos joelhos, a enfermeira cingiu a jovem ao peito com o braço esquerdo e aninhou, na palma da mão direita, lábios peludos, febris, vibrantes. A jovem se agitava, mordia o ombro da chefe, tremeu, a mão da enfermeira se movia com suavidade, acariciava com destreza. A estagiária passou a imitar as carícias da sua amante. A saia levantada da chefe deixou à mostra pernas gordas e fortes. A jovem esfregava com a mão, desajeitadamente, mas com doçura, o sexo da amante. O prazer mútuo provocou espasmos, contrações e suspiros fortes. Beijaram-se mais uma vez, elanguescentes. Só então me olharam. Percebi que a jovem entrou em pânico, parecia perguntar, baixinho, se eu podia ter visto. A enfermeira-chefe deu de ombros. Naquela manhã, se não me engano, os comprimidos empurrados na minha boca me pareceram mais amargos e tive, até, a sensação de que a enfermeira-chefe dobrou a dose.

Se eu puder, quando sair deste quarto, vou refazer a minha vida, vou procurar as pessoas e esses lugares onde todas essas histórias aconteceram. E viver para sempre com a Ana Perena.

Este livro foi composto na tipologia Goudy
Old Style BT, em corpo 12/16, e impresso em
papel off-white 80g/m² no Sistema Cameron
da Divisão Gráfica da Distribuidora Record.